Nora Flick

Feucht und Gierig

Erotische Kurzgeschichten

Bibliografische Information der Deutschen Nationalbibliothek:
Die Deutsche Nationalbibliothek verzeichnet diese Publikation in der Deutschen Nationalbibliografie; detaillierte bibliografische Daten sind im Internet über http://dnb.dnb.de abrufbar.

© 2016 Nora Flick - **Alle Rechte liegen bei der Autorin**

Titelfoto © Nora Flick

1. Auflage: Februar 2016

Herstellung und Verlag: BoD - Books on Demand, Norderstedt

ISBN 9-783739-237442

Alle Namen und Handlungen sind frei erfunden. Ähnlichkeiten mit Personen oder Orten des Geschehens sind rein zufällig.

Inhalt

1. Schulsex 4

2. Dildoparty 37

3. Der Schwestern-Beglücker 57

4. Swingerclub-Neuling 94

1. Schulsex

„Lisa! Handy ausmachen! Diese Dinger machen mich wahnsinnig! Warum wurden die bloß erfunden!?"
Herr Taler, der Klassenlehrer der Klasse 11a, liebte seinen Beruf, aber seit vor vielen Jahren die Handys immer populärer wurden, kam nun ein neues Problem in die Klassenräume. Es wurde heimlich unter dem Tisch gechattet oder im Internet gesurft.
„So, wo war ich stehen geblieben. Ach ja, in Mathe habt ihr dieses Jahr Herrn Stiller."
„Och nö!", kam es einstimmig aus den Reihen.
„Oh ja, dafür gibt es in Chemie ein neues Gesicht."
Das Genörgel verstummte sofort.
„Herr Wagner startet seine Lehrerkarriere nach seinem Referendariat an der Flemmschule nun bei uns. Ich hoffe, ihr benehmt euch und erleichtert ihm den Start hier."
„Vielleicht freut er sich ja über eine Stinkbombe als Willkommensgruß! Dann haben wir gleich ein chemisches Gesprächsthema!", konterte Tim, der Klassenclown, sofort.
Ein lautes Gelächter brach aus.
Lisa verzog ihren Mund zu einem schiefen Lächeln, verdrehte die Augen und schüttelte mit dem Kopf. „Wie immer, große Klappe, aber im Bett der absolute Loser", flüsterte sie Maja, ihrer besten Freundin, die neben ihr saß, zu.
„Hä? Woher weißt du das denn?", fragte Maja überrascht zurück.
„Ich war am Wochenende mit ihm in der Kiste, nach Tobis Party."
Majas Augen weiteten sich, als sie leise ausrief: „Waaas? Das hast du mir gar nicht erzählt! Ich dachte, du wärst allein nach Hause gegangen, als du dich verabschiedet hattest?"
„Naja, jetzt ist es halt raus", antwortete Lisa verlegen. Ihr war es etwas peinlich, denn es verging kaum eine Woche, wo sie nicht mit jemandem Neues schlief.
„Lisa, du hast fast unsere ganze Klasse durch! Und jetzt auch noch

den Oberspinner! Geht's noch, sag mal? Das hätte ich nicht von dir gedacht!" Maja war empört, aber auch ein bisschen neidisch. Wie kriegte Lisa nur ständig die Jungs rum?
„Ist ja gut, war ja gar nicht wirklich dazugekommen, er hat ja gar keinen hoch gekriegt, war wohl zu besoffen. Aber lecken konnte er gut!"
„Hör auf!", versuchte Maja ihrer Freundin, so laut es ging, zuzuzischen. Ihr gingen Lisas Detailbeschreibungen jedes Mal zu weit. Sie selbst hatte noch mit keinem Jungen geschlafen, dabei war sie schon siebzehn Jahre alt und fand, dass es langsam mal Zeit wurde, aber sie wollte dafür den Richtigen finden, mit dem sie auch schon länger zusammen war und dem sie vertrauen konnte. Lisa dagegen hatte sexuell schon alles ausprobiert, so kam es Maja jedenfalls vor.
„Du bist sexsüchtig!" sprudelte es dann plötzlich aus ihr hervor.
„Und wenn schon, bringt doch Spaß! Es ist ein so geiles Gefühl, wenn mit der Zunge an deiner Muschi rumgespielt wird. Brrr, mir wird schon wieder ganz heiß zwischen den Schenkeln, wenn ich nur daran denke!"
Herr Taler erlöste Majas Ohren: „Lisaaa, hier vorn spielt die Musik!"
„Ich höre nichts", antwortete Lisa frech.
Herr Taler ignorierte ihren Kommentar, und Maja bewunderte an Lisa jedes Mal, wie selbstbewusst sie Autoritätspersonen gegenüber war.

Am Mittwoch hatte Lisas Klasse zum ersten Mal Chemie mit Herrn Wagner. Vorbildlich still und voller Erwartung saßen alle Schüler auf ihren Stühlen, als Herr Wagner hereinspazierte.
„Guten Morgen, allerseits!", schleuderte er der Klasse mit starker Stimme entgegen und schmiss dabei seine Tasche aufs Lehrerpult.
Mario Wagner war zweiunddreißig Jahre alt und sehr gutaussehend. Er hatte braune kurze Haare und ebenso dunkle, feurige Augen. Sein Dreitagebart machte ihn noch besonders sexy.
Lisas Augen strahlten. Sie richtete sich auf und musterte Herrn Wagner genauer. Er trug ein bunt-kariertes Hemd, welches er bis zu den Ellenbogen hochgekrempelt hatte, so dass man seine muskulösen und braungebrannten Unterarme gut erkennen konnte. Über dem

Hemd trug er ein knallgrünes T-Shirt, auf dem gelb aufgedruckt stand: „Mit mir nicht!". In seiner Jeanshose steckte ein knackiger Hintern, und er schien auch sonst gut durchtrainiert zu sein, das fiel Lisa sofort auf. Den musste sie haben! Endlich mal ein junger hübscher Lehrer und nicht schon wieder so ein alter Sesselpupser wie all die anderen Lehrer, von denen sie sonst unterrichtet wurden.

Maja bemerkte, wie angetan Lisa von Herrn Wagner war und holte sie aus ihrer Traumwelt zurück, indem sie ihr zuraunte: „Nein Lisa, der ist tabu, das ist ein Lehrer!"

„Endlich mal ein richtiger Mann und dazu noch so sexy, findest du nicht?" konterte Lisa, ohne auf Majas Bemerkung einzugehen. Manchmal hatte sie den Eindruck, Maja sei lesbisch.

Maja musste sich zwar tatsächlich eingestehen, dass sie Herrn Wagner auch sehr attraktiv fand, aber was mit ihm anfangen, das würde ihr nicht im Entferntesten in den Sinn kommen.

Die beiden Freundinnen konzentrierten sich wieder auf Herrn Wagners Worte. Er war gerade dabei, von seinem Chemiestudium zu erzählen und warum er gerade Chemie als Lehrfach gewählt hatte: „Chemie hat mich schon zu meiner Schulzeit begeistert. Fügt man unterschiedliche Elemente zusammen, so vereinigen sie sich und lassen etwas Neues entstehen oder reagieren so heftig, dass sie ex- oder implodieren."

„So wie beim Sex, meinen Sie?", warf Tim wieder vorlaut ein.

Die ganze Klasse lachte.

Herr Wagner ließ sich nicht beirren und antwortete sachlich: „Eizelle und Spermium weder ex- noch implodieren bei der Vereinigung, aber dazu kann dir euer Biolehrer Herr Mais sicherlich Genaueres sagen." Dann fuhr er mit dem eigentlichen Thema fort: „Ich hoffe, ich kann meine eigene Begeisterung für Chemie an euch weitergeben. Herr Bernd hat mir berichtet, mit welchem Thema ihr im letzten Jahr aufgehört habt. Ich werde dort ansetzen und damit zum nächsten Lehrstoff überleiten. Noch etwas zur pädagogischen Seite meiner Lehrertätigkeit: Ich weiß, dass ihr versuchen werdet, mich zu testen und mir auf der Nase herumzutanzen. Aber ich habe klare Prinzipien: Handys

sind in meinem Unterricht Tabu. Wen ich erwische, der bekommt eine 6. Habe ich mich klar ausgedrückt?" Herr Wagner blickte streng in die Klassenrunde.
Die meisten antworteten brav mit einem kaum wahrnehmbaren Nicken.
„Gut, ich würde mir jetzt gern eure Klassensitzordnung aufmalen und eure Namen dort eintragen. Könntet ihr bitte dazu eure Namen auf einen Zettel schreiben und vor euch aufstellen? Habt ihr sonst noch Fragen?"
Lisa meldete sich.
„Ja, bitte? Wie ist dein Name?"
„Ich bin Lisa. Ich wollte wissen, was man so bei ihnen anstellen muss, um zwei Noten besser zu werden?" Dabei schmunzelte sie.
Ein leichtes Kichern ging durch den Raum, aber Maja fiel aus allen Wolken.
"Sag mal, spinnst du?", zischte sie Lisa von der Seite zu.
Aber auch darauf antwortete Herr Wagner cool: „Also, wenn du denkst, du kannst mit mir ins Bett hüpfen, um eine Note besser zu bekommen, muss ich dich leider enttäuschen. Gute Arbeiten schreiben und mündlich rege teilnehmen kann auch schon viel bewirken."
Er zwinkert Lisa mit einem Auge zu.
„Ich meinte aber zwei Noten. Da geht dann schon was, oder wie?"
Ein kicherndes Gemurmel ging erneut durch die Reihen.
„Auch bei zwei Noten nicht, Fräulein."
„Woher wissen Sie, dass ich noch nicht verheiratet bin?"
Aber zum Antworten kam Herr Wagner nicht mehr, Michi funkte dazwischen: „Also ein Fräulein ist sie im Bett ganz und gar nicht, das kann ich Ihnen schon mal sagen!"
Ein Gegröle ging los, gefolgt von Getrommel auf den Tischen.
„Halt die Klappe, Michi!", schrie Lisa zurück.
„Leute, Leute, Ruhe jetzt! Ich wollte nicht schon am ersten Tag mit dem Verteilen von Sechsen anfangen!"

Nach dem Unterricht sprangen alle auf, um in die Pause zu gehen.

Doch Lisa blieb sitzen und wandte sich kurz an Maja: „Maja, geh doch schon einmal raus, ich wollte Herrn Wagner noch was fragen."
„Du fragst ihn doch aber nicht, ob er mit dir schlafen will, oder?" fragte sie erschrocken zurück.
„Hallo? Natürlich nicht!" Lisa setzte einen gespielten Gesichtsausdruck auf.
Während Maja den Klassenraum verließ, stöckelte Lisa langsam nach vorn zum Lehrerpult, wo Herr Wagner gerade seine Unterlagen in seine Tasche packte, und wartete geduldig, bis er fertig war.
Natürlich hatte Herr Wagner Lisa bemerkt. Er warf einen kurzen Blick auf ihre schwarzen Pumps und ihre, mit knallroten Kussmündern bedruckte, schwarze Stretch-Leggins und fragte sie dann: „Na, Lisa, was gibt es?" Dabei wanderte sein Blick nach oben und fiel sofort auf ihr tief ausgeschnittenes Dekolleté, welches von einem hautengen, knallroten T-Shirt mit V-Ausschnitt geformt wurde. Zwischen ihren Busen baumelten mehrere Halsketten. Schnell überflog er noch ihren Schmollmund und blieb dann an ihren mandelförmigen, braunen Augen hängen, die ihn lasziv anschauten.
Lisa bemerkte seine Musterung und antwortete: „Ich wollte mich bei Ihnen entschuldigen, dass ich Ihnen vorhin so eine anstößige Frage gestellt habe. Ich hoffe, Sie haben jetzt nicht schon gleich ein negatives Bild von mir. Vielleicht kann ich mich ja mit einer Einladung zu einem Kaffee bei Ihnen entschuldigen?" Lisa strahlte Herrn Wagner fröhlich an.
Niemals würde Mario Wagner diese Dame auf achtzehn Jahre schätzen. Er hatte zwar schon von zwei anderen Lehrern gehört, dass Lisa sehr selbstbewusst und erwachsen wirken soll, aber mit so einer Sexbombe hatte er nicht gerechnet.
„Ist schon Ok Lisa, ich kenne euch Jugendliche doch, immer am Grenzen testen."
Lisa warf ihr welliges, langes, braunes Haar nach hinten und hielt ihren Kopf leicht schräg, während sie ihm lächelnd erwiderte: „Ich kenne keine Grenzen."
Herr Wagners Blick fiel wieder auf ihre üppigen Busen.

Lisa bemerkte das natürlich ganz genau.
„Naja, Sie müssen ja nicht gleich zusagen, überlegen Sie sich das!" Mit diesem Satz drehte sie sich um und stöckelte zur Tür.
Gut, dass sich keiner mehr im Klassenzimmer befand, so konnte auch keiner bemerken, wie Mario Wagner auf Lisas üppigen, aber festen, wackelnden Po starrte.

Es kam der Abend des jährlichen Sommerschulfestes nach den Sommerferien. Es wurden Tische mit Essen und Snacks aufgebaut und draußen auf der Wiese standen Grüppchen zusammen.
Lisa hatte beim Anrichten der Brötchen geholfen. Nun hielt sie nach Herrn Wagner Ausschau, konnte ihn aber nirgendwo sehen. Vermutlich war er noch nicht eingetroffen, das Fest begann ja schließlich erst. So gesellte sie sich zu ein paar Freundinnen auf die Wiese.
Etwa eine halbe Stunde später gingen dann auch schon die Auftritte der Schülerbands los. Alle stürmten in die Pausenhalle und Lisa schaute sich immer wieder nach Herrn Wagner um. Dann endlich, nach ungefähr einer Stunde, sah sie ihn. Er stand weiter hinten, zusammen mit zwei Schülerinnen aus der 13. Klasse. Ganz offensichtlich himmelten sie ihn an. Schnurstracks steuerte Lisa auf Herrn Wagner zu. Dieser bemerkte Lisa erst, als sie direkt vor ihm zum Stehen kam. Sein Herz begann zu schlagen, denn Lisa sah einfach wieder umwerfend aus. Sie trug rote High-Heels, einen engen, schwarzen Mini-Lederrock und ein tiefausgeschnittenes schwarzes Leder-Wickeltop, welches sich verführerisch und eng um ihren Körper schlang. Obwohl Mario Wagner Lisa sexy fand, stand für ihn fest, dass so ein aufreizender Kleidungsstil in der Schule verboten werden sollte.
Lisa bemerkte den abschätzenden Blick der beiden älteren Schülerinnen, ihr war das aber egal. Selbstbewusst und mit einem strahlenden Lächeln begrüßte sie ihren Chemielehrer: „Hallo Herr Wagner, wie gefallen Ihnen die Bands?"
Herr Wagner schweifte mit seinem Blick flüchtig über ihren knallrot geschminkten Schmollmund und blickte dann in ihre hübschen Mandelaugen. Seine feste Stimme ließ seine aufflammende Erregung

nicht spüren: „Ja, sehr gut, plattenreif, würde ich sagen. Spielst du auch ein Instrument, Lisa?"

„Hm, kommt drauf an, was Sie unter Instrument verstehen", antwortete sie schmunzelnd mit einem zweideutigen Ton.

Herr Wagner wusste genau, was Lisa meinte, ignorierte ihre Antwort aber bewusst und wandte sich den beiden anderen Schülerinnen zu: „Und wie sieht's bei euch aus? Spielt ihr ein Instrument?"

„Ja, ich spiele Klavier, Merle steht eher auf sportliche Hobbies", antwortete die eine für beide. Und dann weiter: „Wir gehen mal raus an die frische Luft, vielleicht sehen wir uns ja später noch einmal!" Dann verschwanden die beiden auch schon in der Menge.

Nun standen Lisa und Herr Wagner allein. Nach einer kurzen Schweigeminute fragte sie ihn: „Sind Sie eigentlich verheiratet oder haben eine Freundin?"

Herr Wagner wusste, dass Lisa nicht lockerlassen würde.

„Nein, im Moment nicht, das Studium und das Referendariat haben mir meine Zeit gefressen. Und du?"

„Ich? Nein, keinen festen Freund."

„Keinen festen? Dann einen unfesten?" Herr Wagner lachte leicht.

Direkt wie Lisa war, antwortete sie: „Ich habe gern Sex mit wechselnden Partnern, um genau zu sein." Sie musterte Herr Wagners Gesicht, um zu prüfen, wie er reagieren würde.

Herrn Wagner traf die Aussage wie ein Schlag. Niemals hätte er damit gerechnet, dass eine Schülerin ihm gegenüber so offen über persönliche intime Dinge sprechen würde.

„Warum wundert mich das nicht", reagierte er trotzdem mit Fassung.

„Wieso?", entgegnete Lisa überrascht.

„Naja, dein aufreizender Kleidungsstil lässt darauf schließen." Er blickte kurz auf ihren knackigen Latina-Po, der durch die straffe Lederhose gut zur Geltung kam und blieb dann wieder an ihren großen Busen hängen.

Das war Lisas Chance: „Haben Sie Lust mit mir ins „Meyers" zu gehen? Das ist eine gemütliche Kneipe in..."

„Ich kenne das „Meyers", unterbrach Herr Wagner sie. „Also schön, ich werde dich wohl eh nicht mehr los heute Abend. Dann lass uns in zehn Minuten draußen auf dem Parkplatz treffen." Herr Wagner wollte nicht unbedingt gesehen werden, wie er mit Lisa das Fest verlässt.

Zehn Minuten später saßen sie in Herrn Wagners Auto. Herr Wagner kämpfte mit seiner Erregung und hoffte, er würde ihr standhalten, obwohl er Lisa auch sofort hier im Auto hätte nehmen können. Vielleicht hätte er lieber doch kein Bier trinken sollen. Aber vielleicht war es auch einfach nur schon zu lange her, dass er Sex gehabt hatte.

„Wir können uns übrigens auch gern duzen, ich bin Mario." Lisa seine Hand hinzuhalten, vermied er. Das hätte er albern gefunden.

Lisa kicherte.

„Okaaay, ist da jetzt ein Angebot, Mario?" Sie blinzelte ihn von der Seite an und wackelte dabei leicht mit ihrem Oberkörper.

„Nehm` es, wie du möchtest." Dann startete Mario den Motor.

Es war zwar Freitag, aber im „Meyers" war nicht viel los. Die meisten hatten sich wohl schon auf den Weg in die Diskotheken und Clubs der Stadt gemacht.

Lisa und Mario setzten sich nebeneinander an einen Tisch in einer ruhigen Ecke und bestellten jeder ein Glas Whiskey-Cola.

„Ich weiß nicht, ob das so eine gute Idee war", begann Mario das Gespräch."

„Hierher zu kommen?"

„Nein, jetzt einen Whiskey zu trinken. Ich vertrage keinen Alkohol."

„Umso besser, dann kann ich mit dir machen was ich will. Grrr..." Lisa schmiegte sich wie eine Katze an Mario und legte eine Hand auf seinen Oberschenkel.

Mario war klar, dass er aus der Nummer jetzt nicht mehr heraus kam, dafür war es nun zu spät. Lustvoll fixierte er Lisas volle, sinnliche Lippen und spürte, dass sein Schwanz augenblicklich hart wurde. Wie in Trance beugte er sich nun zu ihr herüber und begann mit seiner Zunge sanft über ihre Lippen zu lecken. Sofort schnellte Lisas Zunge hervor und sie fingen wild zu züngeln an. Dabei griff Lisa gierig in Marios Schritt und massierte kräftig sein steifes Stück.

„Ähm, ich muss mal stören, Ihre bestellten Whiskey-Cola!"

Lisa und Mario ließen sofort voneinander ab.

Der Kellnerin war es sichtlich unangenehm. Hastig stellte sie die beiden Gläser auf den Tisch und verschwand sofort wieder.

„Jetzt brauche ich erst einmal einen Schluck Whiskey-Cola", hechelte Mario, griff ein Glas und nahm einen kräftigen Zug.

Danach atmete Mario immer noch schwer, schüttelte seinen Kopf und rieb seine beiden Hände übers Gesicht. „Das habe ich noch nie erlebt."

„Irgendwann ist immer das erste Mal", flüsterte Lisa ihm dicht ins Ohr und begann mit ihrer Zunge an seinem Ohrläppchen zu spielen.

Mario rutschte etwas dichter an den Tisch und nahm noch einmal einen kräftigen Schluck aus seinem Glas. Lisa tat es ihm gleich.

„Ich sollte eigentlich auch keinen Alkohol trinken, ich werde dann immer so wild und kann gar nicht genug bekommen", verriet Lisa Mario.

Das hatte gesessen, Mario war nun nicht mehr zu halten. Er griff fest um Lisas Taille und zog sie weiter zu sich heran, während er sich auf der Sitzbank weiter zurücklehnte. Dann begann er Lisa stürmisch zu küssen und fuhr mit seiner Hand an ihrer Taille entlang hinunter zu ihrem Po, in den er kräftig grapschte.

Lisa stöhnte leise auf: „Ja, so mag ich das. Jetzt habe ich dich soweit."

Mario ließ wieder kurz von ihr ab, um den restlichen Inhalt seines Glases zu leeren. Danach forderte er Lisa auf: „Lass uns jetzt gehen."

„Und wohin?"

„Einfach raus."

Lisa exte ihr Glas, und nachdem Mario gezahlt hatte, nahm er ihre Hand und zog sie stolpernd hinter sich her.

Draußen zerrte er sie an ihrem Arm an der langen Hauswand entlang zum hinteren Teil des Gebäudes, an dem ein kleines Waldstück grenzte.

„Wohin gehen wir?", wollte Lisa wissen.

„Wo ich dich ungestört ficken kann. Das ist es doch, was du willst, oder?", rief Mario ihr schon fast wütend zu, ohne sich nach ihr umzudrehen.

Lisa blieb abrupt stehen, zog Mario zu sich heran und nahm seinen Kopf in ihre beiden Hände, um ihn ausgelassen zu küssen. Dann griff sie an seinen immer noch steifen Penis und schwang ein Bein um seine Hüfte. „Fick mich hier! Jetzt!", befahl sie ihm.
Doch Mario wand sich aus ihrer Umklammerung und zog Lisa weiter mit sich Richtung Wald.
Als sie die ersten Bäume erreicht hatten, stoppte er auch schon und drückte Lisa an den erstbesten Baum. Gekonnt griff er unter ihren Rock und war überrascht keinen Slip vorzufinden, denn er fasste direkt an ihre bereits glitschige Muschi. Mario konnte nun nicht anders, als sich in die Hocke zu setzen, Lisas Rock hochzuheben und gierig durch ihre Schamlippen zu züngeln. Mario genoss es sichtlich, denn er konnte sich nicht mehr daran erinnern, wann er das letzte Mal an einer Vagina geleckt hatte. Und Lisas Saft schmeckte einfach köstlich!
Lisa stöhnte auf und Mario leckte großzügig weiter. Dabei öffnete er seine Hose, erhob sich dann und schob seine Hose samt Unterhose in die Knie.
Lisa konnte nun zum ersten Mal Marios steil aufgerichtete Latte begutachten und war mehr als beeindruckt. Sie wollte sein hartes Stück jetzt sofort in sich spüren und schwang gekonnt ein Bein um Marios Hüfte. Doch bevor dieser in sie eindrang, rieb er sein Glied an ihrer glattrasierten Möse und massierte ihre festen Pobacken. Dann puhlte er hektisch und keuchend eine Brust aus ihrem tiefem Dekolleté und massierte diese ebenso kräftig, bevor er ausgelassen an der harten Brustwarze züngelte.
Lisa stöhnte abermals auf.
„Fick mich jetzt endlich", kam es kläglich aus ihrer Kehle.
Mario war wahnsinnig erregt, aber auch sauer auf sie, dass sie ihn so weit gebracht hatte. Es könnte ihn seine gerade begonnene Lehrerkarriere kosten.
„Willst du es wirklich?", fragte er Lisa daher schnaufend und mit einem leicht aggressiven Unterton.
„Ja, gib`s mir richtig!" hauchte sie ihm erotisch entgegen und umfasste mit einer Hand seine Latte, um sie in ihre Möse führen, während

sie sich mit der anderen an seinem Nacken festhielt. In diesem Moment drang Mario energisch in sie ein. Lisa durchzuckte es. Quälend stöhnte sie auf.
Mario spornte das nur noch mehr an. Immer schneller stieß er nun zu und prustete und stöhnte dabei.
Kurze Zeit später hob er auch Lisa zweites Bein hoch, und Lisa umklammerte ihre Beine hinter Marios Rücken, so dass sie mehr Halt hatte. Mario törnte diese Stellung wahnsinnig an, vor allem, weil er so noch tiefer in sie eindringen konnte und er mit seiner Zunge immer wieder an der Brustwarze ihrer ausgepackten Brust lecken konnte. Dann rammelte er Lisa noch heftiger und spritzte schließlich in ihr ab.
Lisa liebte es so hart und schnell und hatte ebenfalls einen intensiven Orgasmus, der sich mit einem lauten Gestöhne entlud.
Anschließend war Mario erschöpft. Er setze Lisa wieder ab und zog sich schnaufend seine Hosen hoch.
Lisa lehnte noch am Baum und strahlte ihn an: „Du bist der Hammer, genauso mag ich es!"
Mario aber war alles andere als glücklich. Zwar war er jetzt befriedigt, aber auch stinksauer auf sich selbst, weil er Lisa nun tatsächlich gevögelt hatte.
„Lisa, das war ein Versehen und muss unter uns bleiben. Das ist dir doch klar, oder?" Mario klang ernst.
„Ein Versehen?" Lisa war entrüstet. „Das heißt, du willst es nicht nochmal?"
„Nein, Lisa, das geht nicht. Wenn das rauskommt, kann ich meine Karriere an den Nagel hängen!"
Lisa ging darauf nicht ein. Sie näherte sich Mario und strich ihm über den Arm. „Lass uns gleich nochmal! Da weiter hinten im Wald. Du warst so guuut!", lobte sie ihn und schmiegte sich an ihn. „Ich brauch das jetzt!" Sie hatte die erotische Superweibnummer echt drauf.
Doch Mario drückte sie von sich weg.
„Nein, Lisa, es geht nicht! Versteh das doch!" Er schüttelte den Kopf.
„Wenn du mich nicht weitervögelst, gehe ich zum Schuldirektor und

sage ihm alles!" Lisa verschränkte ihre Arme vor der Brust und schaute ihn mit zusammengekniffenen Augen und geschnürtem Mund wütend an. Auf einmal wirkte sie wie ein kleines Schulmädchen.
Mario blickte sie geschockt an.
„Das ist nicht dein Ernst, Lisa!?", prustete es aus ihm heraus.
„Du willst es doch auch! Gib`s doch zu!"
„Fakt ist: Ich darf nicht!"
„Aber du würdest gern, oder?" Lisa sah traurig drein.
Mario seufzte einmal tief.
„Lisa, du bist unglaublich attraktiv, das weißt du auch. Und der Sex mit dir, ja, der war toll. Aber es geht nicht, verdammt nochmal!"
Lisa machte wieder einen Schritt auf Mario zu, blieb aber vor ihm stehen, ohne ihn anzufassen. Leise und mit einem dahinschmelzenden Blick sprach sie dann zu ihm: „Mario, du kannst mich jeden Tag ficken, überall, wo du willst. Du brauchst das auch, du bist ein Mann."
Mario schwieg. Er könnte sie also jeden Tag durchnehmen. Er wollte sich gar nicht ausmalen, was er sonst noch so alles mit ihr anstellen könnte.
„Aber deswegen kriegst du keine Zensur besser, haben wir uns da verstanden?" Der Nachdruck in seiner Stimme wurde durch sein leichtes Schmunzeln gemildert.
Lisa schlang ihre Arme um Marios Hals und küsste sein ganzes Gesicht ab. Dann nahm sie seine Hand und zog ihn tiefer in den Wald hinein.
An einer Stelle, die mit Laubblättern bedeckt war, hielt Lisa an und zerrte Mario mit sich auf die Knie, wo sie sich leidenschaftlich küssten. Dabei knöpfte Lisa Marios Hemd auf und drückte seinen Rücken auf den Boden, um ihre Fingernägel über seine durchtrainierte, glatte Brust gleiten zu lassen.
„Du hast echt einen Hammer-Body!"
„Und du bist sowas von heiß!" Mario hielt sich nun nicht mehr zurück und begann Lisas Brüste durch ihr Leder-Wickeltop zu massieren.
„Zeig mir deine Titten!" forderte er sie dann auf und zog Lisas Ausschnitt weiter auseinander, um ihre Brüste erneut hervorzuholen.

Aber Lisa machte kurzen Prozess und wickelte in Sekundenschnelle ihr Leder-Top ab. Zum Vorschein kamen wohlgeformte, üppige Busen mit erigierten Brustwarzen.
„Komm runter zu mir, ich will sie lecken", befahl Mario ihr.
Daraufhin beugte sich Lisa nach vorn und ließ Mario ausgiebig an ihren Brustwarzen saugen. Mit kreisendem Druck rieb sie dabei ihre Möse an seiner Jeans und spürte sein erneut steifes Glied. Das törnte Lisa unglaublich an. So öffnete sie Marios Hose, umfasste fest seinen Schwanz und massierte ihn langsam. Dann beugte sie sich hinunter und umschloss mit ihrem Schmollmund Marios Eichel, um wie an einem Lolli genüsslich an ihr zu saugen und zu lutschen.
Mario genoss Lisas Liebkosungen und stöhnte immer wieder auf.
Doch kurze Zeit später hatte Lisa schon genug vom Lecken. Sie richtete sich wieder auf, lüftete ihren Rock und begann Mario zu reiten.
Mario umfasste sofort Lisas Hüften, um den Rhythmus zu bestimmen, und hauchte ihr ein „Schneller" entgegen.
Lisa gehorchte ihm und ritt ihn mit quiekendem Stöhnen auf und ab, bis sie beide gleichzeitig kamen. Mario keuchte dabei und aus Lisas Kehle kam ein seufzender Schrei. Erschöpft sank sie dann nach vorn auf Marios Brust und atmete schwer. Doch Mario ließ Lisa keine Zeit sich zu erholen. Er streichelte ihren Rücken und flüsterte ihr leise ins Ohr: „Komm, lass uns aufstehen, falls wir hier noch erwischt werden. Du warst nicht gerade leise."
Lisa kicherte, richtete sich auf und stieg dann von ihm ab.

Mario fuhr Lisa nach Hause. Doch er parkte nicht direkt vor dem Haus ihrer Eltern, sondern unten an der Kreuzung.
„Meine Eltern reißen dir schon nicht den Kopf ab!", neckte Lisa Mario und kniff ihm in die Seite.
„Trotzdem ist es besser, wenn sie uns nicht sehen. Ich hoffe doch, du erzählst ihnen nichts von uns."
„Klar, erzähle ich denen das! Hey Mama, hey Papa, hört mal her, mein neuer Chemielehrer hat mich eben zweimal im Wald geknallt!" Lisa lachte herzhaft auf.

Mario blickte Lisa mit zur Seite geneigtem Kopf schmunzelnd an. Er hatte den Witz verstanden.
„OK, dann kann ich mich ja auf dich verlassen!"
„Aber sicher, Herzilein!" Lisa beugte sich zu Mario hinüber, um ihn zu küssen, woraus ein leidenschaftliches und ausgelassenes Züngeln wurde. Dann hielt Lisa kurz inne, griff Mario in den Schritt und flüsterte ihm lasziv entgegen: „Ich habe schon wieder Lust auf dich."
„OK, Madame, bitte aussteigen jetzt!" Mario umfasste Lisas Handgelenk und zog ihre Hand von seinem besten Stück weg. „Genug für heute! Außerdem ist für Sex im Auto hier bestimmt nicht der beste Ort."
„Wieso?", fragte Lisa ganz erstaunt. „Mich törnt es total an, wenn ich damit rechnen muss, dass Leute vorbeikommen könnten."
„So, raus mit dir jetzt!" Mario beugte sich über Lisa hinweg zur Beifahrertür und öffnete diese.
„Na gut, wie du willst." Sofort stieg Lisa aus und schlug die Tür hinter sich zu. Dann stöckelte sie mit stark wackelndem Hintern die Straße hinauf.
Mario schaute ihr ein paar Sekunden hinterher und schüttelte lächelnd den Kopf, bevor er davonfuhr.

„Auf einmal warst du verschwunden! Warum hast du dich denn nicht verabschledet?" Maja sprach Lisa am Montag vor der ersten Stunde auf das Schulfest an.
„Mir ging`s nicht gut, hatte meine Tage und war schlecht drauf, bin dann halt gegangen", antwortete Lisa gelangweilt.
„Naja, aber kurz Bescheid sagen hättest du ja trotzdem können!"
Lisa ging darauf nicht ein. Zu sehr kreisten ihre Gedanken um Mario. Sowas war ihr noch nie passiert. Nach dem Sex hatte sie meistens kein Interesse mehr an den Männern gehabt. Naja, von Männern war ja bisher nicht die Rede gewesen, ihre Mitschüler waren ja eher noch Jungs. Aber trotzdem, wenn sie bekommen hatte, was sie wollte, war es danach uninteressant. Doch bei Mario war es anders. Sie schien süchtig nach ihm zu sein und konnte die letzten beiden Stunden

kaum abwarten, denn dann hatte ihre Klasse Chemie bei ihm.

Um 12:15 Uhr war es dann endlich soweit. Chemieunterricht! Lisa konnte sich nicht daran erinnern, sich jemals so auf den Chemieunterricht gefreut zu haben.
Mario kam herein und schritt voller Elan nach vorn zum Lehrerpult. Wie immer schmiss er seine Tasche schwungvoll aufs Pult und begrüßte die Klasse energisch mit „Mahlzeit".
Er bekam ein ungleichmäßiges, schläfriges Gemurmel zurück.
„Ich weiß, es sind die beiden letzten Stunden, aber ich brauche jetzt nochmal zwei Stunden lang eure volle Konzentration!"
Lisa bemerkte, dass Mario es vermied, sie anzuschauen.
„Dann kommen wir gleich mal zur Sache. Wer schreibt mir die erste Hauptgruppe des Periodensystems an die Tafel? Er schaute wieder durch die Reihen, übersprang dabei aber Lisa.
Lisa kochte vor Wut, meldete sich aber als Einzige.
Mario blieb also nichts anderes übrig, als sie anzusehen. Dabei durchzuckte es ihn wie ein Blitz.
„OK Lisa, dann komm mal nach vorn und benenne die Elemente, während du die Kürzel an die Tafel schreibst!"
Lisa erhob sich von ihrem Platz und stolzierte schwingenden Schrittes zur Tafel.
Mario verzog keine Miene und ließ sich nichts anmerken. Erst als Lisa an der Tafel stand, schweifte sein Blick zu ihrem Hintern, der heute von einem extrem kurzen, geblümten Minirock verdeckt wurde.
Mario stellte sich vor, wie Lisa das Stück Kreide herunterfallen und sie sich danach bücken würde und wie dabei ihre beiden festen Pohälften zum Vorschein kämen. Er träumte weiter, wie er sie um die Hüften fassen, sie zum Lehrerpult schieben und dann von hinten nehmen würde.
„Hallo, Herr Wagner, sind sie noch da? Ist Lithium richtig für Li?" Lisa wedelte mit der Kreide vor Marios Gesicht herum.
Die Klasse lachte.
Mario erwachte aus seinem Tagtraum und schaute Lisa verwirrt an.

„Ähm, ja, tut mir Leid. Ja, Li für Lithium ist richtig." Hatte er zu lange auf ihren Hintern geschaut? Hatte die Klasse das bemerkt? So konnte es nicht weitergehen…

Nach dem Unterricht wartete Lisa, bis alle gegangen waren. Mario saß, wie immer, noch ein paar Minuten länger im Klassenzimmer, um sich Notizen zum Unterricht zu machen.
„Kommst du nun, oder was? Oder willst du wieder mit Herrn Wagner allein sprechen? Was hattest du eigentlich neulich mit ihm bequatscht?", fragte Maja Lisa neugierig, während sie aufstand.
„Frag nicht so doof. Ja, ich will mich nochmal kurz mit Herrn Wagner unterhalten", fauchte sie genervt zurück.
Maja verdrehte die Augen und marschierte beleidigt aus dem Raum.
Nun waren Lisa und Mario allein.
Mario hatte mitbekommen, dass Lisa noch auf ihrem Platz saß. Ohne den Kopf von seinem Notizheft zu heben, fragte er sie nüchtern: „Willst du nicht nach Hause, Lisa?"
„Oh, du hast mich bemerkt! Ich dachte schon, ich wäre Luft für dich!", antwortete sie wütend und zickig.
„Du warst doch an der Tafel, wie kannst du da Luft sein?" Mario starrte weiter in sein Heft.
„Ich meine jetzt, in diesem Moment!" Sie stand auf, ging lautstapfend nach vorn und setzte sich mit einer Pobacke auf die Pultkante.
Mit zornigem Blick schaute Mario auf.
„Was soll das, Lisa?! Du hast mich vorhin fast um den Verstand gebracht!"
„Vorhin?" Du meinst an der Tafel? Was habe ich denn da schon wieder Unanständiges gemacht?"
„Ach nichts, du ziehst dich einfach zu aufreizend an! So geht das nicht!"
„Willst du mir also vorschreiben, was ich anziehen darf und was nicht?" Lisa hüpfte vom Pult und ging zur schweren grauen Gardine, die das Klassenzimmer von einem Seitenraum trennte, in dem sich Bücherregale befanden. Sie zog die Gardine von rechts nach links ein

Stück zur Seite und lehnte sich dort mit ihrem besten Stück an einen Tisch, der an der rechten Wand stand. Dann knöpfte sie langsam ihre gelbe Bluse auf, so dass ihr lachsfarbener Spitzen-BH zum Vorschein kam.

Mario hatte ihre Bewegungen wie hypnotisiert verfolgt, war sich aber im Klaren, dass sie sich hier im Klassenzimmer befanden.

„Ich weiß, wo du vorhin mit deinen Gedanken gewesen bist, als ich an der Tafel stand. Ich bin doch nicht blöd! So, wie du mir auf den Hintern gestarrt hast! Haben ja alle gesehen!" Lisa drehte sich um und zog in tänzerischer Bewegung ihren Rock hoch, um Mario wackelnd ihren nackten Hintern entgegenzustrecken.

„Komm, nimm mich", hauchte sie ihm dabei mit einem verführerischen Blick über ihre Schulter zu.

Mario kämpfte mit seiner aufsteigenden Erregung. Er hatte zu viel Angst, dass jemand hereinkommen könnte.

„Hier nicht, Lisa!", antwortete er ihr daher im Befehlston.

Doch Lisa ließ sich nicht beirren. Sie liebte es, wenn sie nicht gleich bekam, was sie wollte. Das machte sie nur noch heißer. So ließ sie ihren Po langsam kreisen und hechelte Mario knurrend zu: „Ich bin sooo feucht! Komm her! Nimm mich!"

Lisa brauchte es jetzt unbedingt. Sie drehte sich wieder um und führte ihre rechte Hand nun zu ihrer nassen Vagina, wo sie mit ihrem Zeige- und Mittelfinger begann, in ihrem Schlitz auf und abzugleiten. Dabei fuhr sie mit ihrer Zunge über ihren Schmollmund.

Marios Glied wurde sofort steif. Aber er konnte Lisa hier unmöglich vögeln. Das kam für ihn nicht in Frage. Ruckartig stand er auf, nahm seine Tasche und ging mit zügigen Schritten Richtung Tür. Doch als er an Lisa vorbeikam, hielt sie ihn am Arm fest und zerrte ihn zu sich.

Mario ließ es jetzt einfach geschehen. Reflexartig glitt ihm seine Tasche aus der Hand, die er sofort unter Lisas Rock und an ihren Hintern führte. Gleichzeitig drückte er seinen steifen Penis fest an ihre Muschi.

„Willst du es so?", schnaubte er Lisa zornig entgegen, wartete aber auf keine Antwort, sondern drückte seine Lippen sogleich auf Lisas

und steckte ihr lüstern seine Zunge in den Mund.
„Ja, fick mich jetzt endlich durch!", schmatzte Lisa ihm knutschend entgegen.
Mario konnte sich nicht mehr beherrschen und öffnete seine Hose, während sie wild weiter züngelten. Dann hob er Lisa auf den Tisch, die sofort ihre Beine um seine Hüfte schlang, und presste seinen Schwanz in ihre nasse Möse.
Lisa stöhnte hell auf.
„Sei leise!", flüsterte er ihr so laut wie möglich zu.
„Dann nimm mich richtig!", gab Lisa zurück.
Das ließ sich Mario nicht zweimal sagen. Wild begann er, Lisa zu rammeln, die sich nun zurücklehnte und links und rechts an der Tischkante festhielt.
Lisa genoss es. So ein hartes Stück hatte sie noch nie in sich gespürt, da war sie sich sicher. Und dann überkam Lisa plötzlich der Orgasmus, den sie laut herausstöhnte und seufzte.
Mario hielt ihr mit einer Hand den Mund zu, während seine andere an Lisas Hüfte blieb. Dann kam auch er zum Höhepunkt.
Lisa spürte, wie sich sein Glied zuckend in ihr entlud. Sie liebte dieses Gefühl und kam noch einmal mit ihm.
Anschließend zog Mario sofort sein Stück heraus und packte es in Windeseile in seine Hose, die er genauso schnell zumachte. Noch außer Atem warf er ihr zu: „Bist du jetzt endlich befriedigt?"
Lisa hatte keine Zeit, ihm zu antworten, denn schon war er aus der Tür.

Die nächsten 3 Tage war Mario auf einem Lehrerseminar in der Nachbarstadt. Somit fiel Chemie am Donnerstag aus. Lisa hielt es kaum aus, Mario so viele Tage nicht zu sehen. Sie hatte sich in ihn verliebt, das stand für sie fest und sehnte sich nach Freitag, an dem Mario wieder in der Schule sein sollte. Allerding hatte Lisas Klasse freitags keinen Chemieunterreicht. So musste sie sich etwas einfallen lassen und beschloss, am Anfang der großen Pause im Lehrerzimmer nach ihm zu fragen. In der Pause klopfte sie dann an der Tür.

Herr Tiemann öffnete. „Hallo Lisa, was gibt es?"
„Ist Herr Wagner heute da?"
Herr Tiemann blickte über seine Schulter in das Lehrerzimmer hinein.
„Ja, da hinten sitzt er. Soll ich ihm etwas ausrichten?"
„Kann ich mal kurz mit ihm sprechen?"
„Moment." Herr Tiemann schloss die Tür wieder.
Zwei Minuten später öffnete sie dann Mario.
„Hi Lisa, du willst mich sprechen?"
„Ja, können wir das drüben im Besprechungsraum machen?"
„Ich habe jetzt Pause, so wie du. Ich gebe aber nach der 5. Stunde keinen Unterricht mehr. Wie sieht es bei dir aus?"
Lisa strahlte. „Das passt gut! Ich habe auch nach der 5. Stunde Schluss!"
„OK, dann lass uns danach hier treffen. Bis später!"
Mario wollte es nicht riskieren, noch länger mit ihr zu sprechen. Also schloss er die Tür sofort wieder.

Nach der 5. Stunde hetzte Lisa sofort zum Lehrerzimmer und wartete ungeduldig vor der Tür auf Mario.
Ein paar Minuten später kam er dann endlich.
„Dann lass uns mal ins Besprechungszimmer", begrüßte er Lisa ohne Umschweife im Vorbeigehen.
Schnell folgte Lisa ihm durch die Gänge zum Besprechungszimmer. Als sie dort angekommen waren, schloss Mario die Tür hinter sich und Lisa ab. Dann blieb er vor Lisa stehen.
„Was möchtest du?", fragte er sie kalt.
„Was wohl?", Lisa lächelte Mario augenzwinkernd an.
„Hör auf mit deinen Spielchen!" Mario ging zu einem der Fenster, die in einen Innenhof blickten und starrte hinaus, während er weitersprach: „Wir müssen jetzt mal endlich klären, wo das Ganze hinführen soll!"
„Ich will mit dir zusammen sein!", sprudelte es aus Lisa hervor.
„Wir können nicht zusammen sein und auch nicht weiter rumvögeln, schon gar nicht hier in der Schule!" Mario drehte sich zu Lisa um und

musste sich eingestehen, dass sie auch heute wieder unglaublich attraktiv aussah. Ein weißes luftiges Trägerkleid mit braunen Schnörkelverzierungen und tiefem Ausschnitt umspielte ihren wohlgeformten Körper und ihre großen Brüste. Mario konnte immer noch nicht fassen, dass dies der Körper einer Achtzehnjährigen sein sollte.
Lisa setzte sich in Bewegung und ging selbstbewusst auf Mario zu. Ihre braunen, welligen Haare wippten dabei verspielt um ihr Gesicht und ließen ihren, wie immer, knallrot geschminkten Mund besonders hervorstechen.
Wie in Trance blieb Mario an diesen glänzendroten Lippen kleben, unfähig irgendwie zu handeln.
Lisa kam derweil immer näher, und kaum stand sie vor Mario, presste sie auch schon ihre Lippen auf seine und massierte sein bereits steif werdendes Glied durch seine Jeans.
Mario stöhnte leise auf.
„Ich weiß, dass du mir nicht widerstehen kannst", flüsterte Lisa ihm ins Ohr, als sie seine Hose nun zu öffnen begann.
Mario wehrte sich nicht, war sich aber noch nicht sicher, ob er es riskieren sollte, hier mit ihr Sex zu haben, oder ob er sie lieber zurückweisen sollte.
Lisa machte weiter. Fordernd griff sie in Marios Hose und massierte seine nackte, steife Latte kurz weiter, bevor sie in die Hocke ging und anfing, ausgiebig an seinem steifen Penis zu lecken.
Mario törnte der Anblick der vor ihm hockenden und seinen Schwanz verwöhnenden Lisa an. Er konnte nicht anders, als seine Augen zu schließen und zu genießen.
Lisa ging nun dazu über, genüsslich an Marios Eichel zu lutschen, bevor sie seinen Schwanz ganz in ihren Mund steckte. Sein steifes Glied war so lang, dass sie es nicht schaffte, es komplett in ihren Mund zu führen. Daher half sie mit der Hand nach und massierte zusätzlich seinen unteren Schaft, während sie ihm weiter einen blies.
Marios Stöhnen wurde lauter, und immer wieder kam ein atemloses „Du bist…, du bist…" aus seinem Mund. Doch Mario schaffte es nicht,

zu Ende zu sprechen, denn schon kam er und spritze in Lisas Mund ab.

Lisa schluckte gierig sein Sperma und lutschte noch etwas weiter, bis Mario einfach dazwischen funkte. Wütend entriss er Lisa seinen schon fast erschlafften Penis und packte ihn schnell zurück in seine Hose.

Lisa ließ sich davon nicht aus der Ruhe bringen. Noch in der Hocke sitzend, lächelte sie zu Mario hoch und fragte ihn: „Und was bin ich nun?"

„Eine sexgeile Schlampe", gab Mario trocken und nüchtern zurück. „Und nun lass uns das Zimmer verlassen, wir sind schon viel zu lang hier drinnen." Mario setzte sich in Bewegung.

Doch Lisa, die sich mittlerweile wieder erhoben hatte, hielt ihn fest. „Warte!" Sie schmiegte sich an ihn und hauchte ihm verführerisch ins Ohr: „Du musst es mir nun auch besorgen. Fingerst oder leckst Du mich? Oh ja, ich möchte, dass du mich leckst! Ich steh` auf Lecken!"

Mario spürte den Druck ihrer harten Brustwarzen an seinem Oberkörper und glitt mit einer Hand unter ihr Kleid. Er berührte ihre nasse Vagina und rieb seine Finger zwischen ihren Schamlippen langsam vor und zurück.

„Ja, weiter", stöhnte Lisa und warf ihren Kopf nach hinten.

Daraufhin ließ Mario seinen Zeige- und Mittelfinger in ihre warme Vulva gleiten.

„Oh Gott, ja, schneller", bat Lisa Mario in einem quälenden Ton.

Mario gehorchte ihr und fingerte sie jetzt ruckartiger.

„Ja, so es gut!", bestätigte sie Mario stöhnend. „Ich komme gleich!"

Aber dazu kam es nicht mehr. Ein plötzliches Klopfen an der Tür und ein Herunterdrücken der Klinke unterbrach sie. Dann eine Stimme: „Hallo? Herr Wagner?"

Mario ließ sofort von Lisa ab und marschierte zur Tür.

„Mario!", rief Lisa, so leise es ging, hinter ihm her. „Mario, du hast noch Lippenstift am Mund!"

Voller Panik drehte sich Mario zu Lisa um und wischte mit seinem Handrücken über seinen Mund. Dann fragte er sie: „Ist weg jetzt?"

Lisa nickte.

„Kleinen Moment, ich komme!" Mario lief weiter zur Tür, schloss sie auf und öffnete sie.

Herr Müller, ein Lehrerkollege, stand nun vor ihm.

„Warum schließen sie ab?", fragte er verwundert.

Mario winkte mit der Hand ab: „Ach, da waren zweimal 5. Klässler, die haben jedes Mal die Tür aufgerissen und herumgealbert. Ich habe dann abgeschlossen. Was gibt es?"

„Da ist Frau Simon vom Meierland-Gymnasium für Sie am Telefon."

„Alles klar, ich komme." Dann drehte er sich zu Lisa um: „OK, Lisa, wir haben dann ja auch alles besprochen. Wenn du noch Fragen hast, kommst du gern wieder auf mich zu." Dann ließ er Lisa im Besprechungsraum zurück und folgte Herrn Müller den Gang hinunter zum Lehrerzimmer.

Lisa war sauer. Sie war kurz davor gewesen zu kommen, und nun kam dieser blöde Herr Müller. Aber eigentlich war ja diese Frau Simon vom Meierland-Gymnasium Schuld. Was wollte die nur von ihm? Lisa beschloss, vor der Schule vor dem Parkplatz-Eingang auf Mario zu warten, um ihn das zu fragen, und eilte nach draußen.

Ungefähr zehn Minuten später trabte Mario die lange Treppe hinunter, die zum Schuleingang führte. Auf halber Strecke bemerkte er Lisa und blieb eine Millisekunde stehen. Dann ging er langsamer weiter. Als er Lisa erreicht hatte, flüsterte er ihr im Gehen zu: „Wir können uns hier nicht unterhalten, Lisa."

„Doch, ich hab` doch nur eine schulische Frage."

Mario blieb stehen und schaute ihr in die Augen. „Und die wäre?"

„Wer ist diese Frau Simon? Und warum ruft dich das Meierland-Gymnasium an?"

„Das sind private Angelegenheiten", gab Mario knapp zurück und wollte schon wieder weitergehen, aber Lisa erlaubte es ihm nicht, denn sofort warf sie ihm ganz unverblümt und direkt ins Gesicht: „Du hast mich vorhin nicht befriedigt!"

Mario seufzte: „Das ist mir klar."

„Und? Nimmst du mich jetzt mit zu dir?" Lisa war voller Hoffnung.

„Ganz bestimmt nicht. Meinst du, das bekommt hier keiner mit?"
Mario war schon wieder im Begriff zu gehen, aber Lisa hielt ihn am Arm fest und flehte: „Dann sag mir wenigstens deine Adresse!"
Schnell zischte Mario zurück: „Gertrudstraße 7, und nun lass mich los!"
Daraufhin löste Lisa ihren Griff und ließ Mario gehen. Sie blickte ihm solange hinterher, bis er davongefahren war.
Was sollte sie nun bloß tun? Lisa war es nicht gewohnt, dass sie Männern hinterherlaufen musste. Normalerweise lief man ihr hinterher. Sollte sie ihn also lieber zappeln lassen oder jetzt gleich zu ihm fahren? Sie war noch immer verdammt heiß, aber sie entschied sich, heute nicht zu ihm zu fahren.

Den ganzen Samstag wartete Lisa auf ein Zeichen von Mario, aber es passierte nichts. Sie fragte sich, ob Mario überhaupt ihre Telefonnummer, geschweige denn ihre Handynummer, hatte. Wo sie wohnte, wusste er ja nun, aber er würde sicher nicht bei ihr klingeln.

Am Sonntag machte Lisa Hausaufgaben. Nach dem Abendbrot mit ihren Eltern entschied sie sich schließlich zu Mario zu fahren. Mit dem Fahrrad müsste sie in fünfzehn Minuten dort sein.
„Wo willst du denn noch heute hin, Schatz? Es ist schon 20 Uhr?", fragte Lisas Mutter verwundert, als Lisa sich im Flur ihre Strickjacke überwarf.
„Ich fahre noch zu Tanja, da war ich schon lange nicht mehr. Außerdem geht`s ihr grad nicht so gut, sie hat Liebeskummer", log Lisa.
„OK, dann steh` ihr mal bei und grüß` sie mal schön von mir!"
„Mache ich! Bis später!"
Dann schwang sich Lisa auf ihr Fahrrad und erreichte tatsächlich nach fünfzehn Minuten die Hausnummer 7 in der Gertrudstraße. Schnell schloss sie ihr Rad an und suchte dann den Namen „Wagner" auf den sechs Klingelschildern. Sie fand ihn gleich im Erdgeschoß und klingelte sofort.
Einige Sekunden später hörte sie Marios Stimme in der Sprechanlage:

„Ja?"
„Hier ist Lisa. Darf ich reinkommen?"
Mario antwortet nicht, sondern betätigte gleich den Türöffner. Als Lisa dann die vier Stufen zum Erdgeschoß nahm, sah sie Mario schon in der Wohnungstür stehen.
Sie sprachen kein Wort. Erst als Mario die Tür hinter sich geschlossen hatte, fragte er sie vorwurfsvoll: „Ich hatte am Freitag gedacht, du würdest gleich nachkommen?"
Sofort schlang Lisa ihre Arme um Marios Hals und fragte ihn blinzelnd zurück: „Hättest du das gewollt?" Aber Lisa wartete nicht auf eine Antwort, sondern fuhr fort: „Ich wollte, dass du so richtig scharf wirst, damit du mich heute so richtig stürmisch durchknallen kannst!"
Das ließ sich Mario nicht zweimal sagen. Sofort zog er Lisa das T-Shirt über den Kopf und riss ihr den Rock herunter. Kurz bewunderte er ihren Prachtkörper, dann öffnete er fahrig ihren BH, so dass sich Lisas Brüste in voller Pracht vor ihm ausbreiteten. Endlich konnte er wieder ihre Titten massieren und an ihren harten Brustwarzen saugen!
Lisa gefiel es, sie seufzte und stöhnte immer wieder auf.
Dann drehte Mario Lisa um und manövrierte sie zur Garderobe, wo er ihr den Slip auszog und anschließend seinen Schwanz aus seiner Hose hervorholte.
Schnell hielt sich Lisa an den Jacken fest und streckte Mario breitbeinig und empfangsbereit Ihren Hintern entgegen.
Doch bevor Mario sie nun so richtig durchnehmen würde, wollte er erst noch von ihrem Saft kosten, der ihr schon an ihrem linken Innenschenkel hinunterlief. Also ging Mario in die Hocke und leckte ihn von unten nach oben ab und züngelte anschließend an Lisas Schamlippen herum. Dann steckte er seine Zunge tief in ihre Vagina.
Lisa schrie auf: „Ja, mehr, mehr!"
Doch Mario kam wieder hoch, zog Lisas Pobacken etwas auseinander und führte sein Glied in ihre Vagina ein. Hier verweilte er einen Augenblick, um ihre feuchte, enge und warme Muschi an seinem Glied zu spüren.
„Oh ja! Fick mich doch endlich!", schrie Lisa jammernd auf.

Mario war es egal, ob die Nachbarn es hörten. Er hatte Lisa hier nun ungestört für sich allein und würde sie so oft und so lange durchbürsten, bis sie endlich genug hatte. So krallte er sich von hinten in ihre Brüste und begann Lisa rhythmisch zu ficken. Mario wurde dabei automatisch immer schneller.
Lisa stöhnte laut, bis sie relativ schnell zum Orgasmus kam.
Danach zog Mario Lisa mit sich ins Badezimmer, wo er sich auf die Toilette setzte und Lisa sofort begann, ihn wild zu reiten. Ihre Titten wippten dabei unkontrolliert hin und her, und Mario erhaschte mit seiner Zunge hin und wieder eine ihrer Brustwarzen, die er dann versuchte, saugend festzuhalten.
„Steh auf!", befahl er ihr dann plötzlich. „Bück dich und halt dich an der Badewanne fest, ich will dich weiter von hinten nehmen!"
Lisa war alles recht. Sie tat, wie ihr geheißen und spürte, wie Mario langsam seinen Schwanz zwischen ihre Beine schob. Dann rammte er seinen Penis plötzlich so wuchtig in ihren nassen Schlitz, dass Lisa beinahe in die Badewanne gefallen wäre. Doch sie hielt sich an der gegenüberliegenden Wand fest und genoss den harten Fick.
Mario geilte diese Stellung noch mehr auf, denn er hatte dabei die ganze Zeit einen schönen Blick auf Lisas sexy opulenten Hintern, an dem er sich nun mit seinen Händen festhielt und sie rhythmisch fickte. Sein Orgasmus ließ jetzt auch nicht mehr lange auf sich warten und machte sich durch immer stärkere Stöße bemerkbar, bis er endlich abspritzte. Dann ächzte Mario laut auf, blieb aber noch ein paar Sekunden in Lisas feuchtwarmer Möse stecken, bevor er seinen Schwanz herauszog.
„Du machst doch etwa nicht jetzt schon schlapp?", hänselte Lisa Mario neckisch.
„Ich brauche eine Pause und was zu trinken." Mario klatschte Lisa auf eine Pobacke und verschwand dann in seiner Küche.
„Aua!", protestierte Lisa und folgte ihm. „Ich nehm` ein Glas Wasser."
Mario schenkte zwei Gläser ein, dann gingen sie ins Wohnzimmer und lümmelten sich nackt auf das große Sofa, Mario in die eine, Lisa in die andere Ecke. Schweigend tranken sie ihre Gläser aus.

Als Lisa fertig war, stellte sie das Glas auf dem Tisch ab und begann mit ihrem rechten Fuß an Marios Oberschenkel entlangzustreichen. „Nun sag schon, was wollte das Meierland-Gymnasium von dir?" Mittlerweile war sie an seinen Hoden angelangt und massierte diese leicht mit ihren Zehen.
„Ich werde die Schule wechseln."
Lisa stoppte sofort mit ihrer Hodenmassage und zog ihren Fuß zurück. Voller Entsetzen antwortete sie: „Warum denn das?"
„Weil ich das so wollte", entgegnete er nüchtern. Und dann weiter: „Das geht zu weit mit uns. Erst Sex im Klassenzimmer, dann im Besprechungsraum. Ein Glück, dass wir noch nicht erwischt wurden. Aber irgendwann wird es soweit sein und das wäre ein Skandal. Ich stehe am Anfang meiner Karriere."
Lisa nickte geschockt, fragte dann aber mit sanfter, vorsichtiger Stimme: „Sehen wir uns dann trotzdem noch?" Ihre Augen hefteten groß und erwartungsvoll an den seinen.
Mario seufzte einmal tief, bevor er erwiderte: „Ehrlich gesagt, weiß ich es nicht, Lisa. Ich werde in die Nähe des Meierland-Gymnasiums ziehen." Dies bedeutete hundert Kilometer entfernt von ihrem jetzigem Wohnort.
Lisa schaute bedrückt und mit hängenden Mundwinkeln zu Boden. Mit zitternder Stimme fragte sie dann vorsichtig: „Ich dachte, wir wären jetzt zusammen?"
„Zusammen? Wir sind nicht zusammen, Lisa, wir haben eine Affäre, eine Sex-Affäre! Ich bin Anfang dreißig und möchte langsam mal anfangen eine ernste Beziehung zu führen, mit Heiraten und Kindern und allem was dazu gehört! Du bist achtzehn und hast sowas noch gar nicht im Kopf!"
Lisa zuckte zusammen. Soweit hatte sie natürlich noch nicht gedacht.
Mario fuhr fort: „Aber sicher, solange ich noch keine neue Freundin habe, können wir uns gern hin und wieder mal treffen und es miteinander treiben. Der Sex mit dir ist nämlich wirklich hammergeil!"
„Und was ist, wenn du es jeden Tag brauchst? Ich meine, fährst du dann jeden Tag die hundert Kilometer zu mir?" Lisa war voller Hoff-

nung und malte sich aus, wie er völlig erregt und mit hartem Schwanz vor ihrer Tür stehen und sie sofort durchbumsen würde.

Mario lachte: „Ich denke, ich habe meinen Sex-Trieb ganz gut unter Kontrolle, aber wenn es mich packt, klar, dann komme ich vorbei!"

Lisa gefiel das gar nicht. Sie war nun von ihm und seinen Trieben abhängig. So hatte sie es sich nicht vorgestellt. Normalerweise war sie diejenige, die sich nahm, was sie wollte. Nun aber hatte Mario den Spieß umgedreht. Lisa schaute missmutig drein.

Mario gefiel Lisas deprimierte Miene gar nicht. Mit den Worten: „Entspann` dich jetzt, wir kriegen das schon hin" versuchte er sie wieder aufzumuntern. Lisas Gesichtszüge wurden daraufhin etwas weicher. Dann richtete sich Mario auf und wendete sich Lisas Schritt zu.

Lisa lag zwar mit überschlagenden Beinen auf dem Sofa, aber als Mario anfing, ihren glattrasierten Venushügel zu küssen, öffnete Lisa automatisch ihre Beine und sah Mario zu, wie er dazu überging, großzügig an ihren festen Schamlippen zu lecken.

Über Lisas Lippen kam ein leichtes „Oh", und als Mario bemerkte, dass sie feucht wurde, massierte er mit seinem rechten Daumen gefühlvoll ihre Klitoris.

Lisa legte ihren Kopf zurück und schloss die Augen.

Mario nahm nun noch seinen Zeige- und Mittelfinger dazu und führte diese zaghaft in Lisas Vagina ein. Sein Daumen stimulierte dabei weiter ihren Kitzler.

„Ist es gut so oder willst du lieber geleckt werden?"

„Beides", hauchte Lisa ihm dann wie in Trance zu.

So fingerte er sie sanft weiter und sog zusätzlich an ihrem Kitzler anstatt ihn mit dem Daumen zu massieren.

Lisa stöhnte auf, und gerade als Mario begonnen hatte, sie kräftiger zu fingern, kam sie auch schon. Dabei bäumte sie stöhnend ihren Unterleib auf und krallte ihre Hände in Marios Haare.

Zehn Sekunden später war schon wieder alles vorbei. Lisas Hände entkrampften sich und sie ließ sich wieder ins Sofa fallen.

Mario hatte die ganze Aktion erst so richtig angetörnt. Er lutschte sich Lisas Saft von seinen Fingern und nahm sich dann ihre Brüste vor. Ihre Brustwarzen waren noch fest, und er tat alles dafür, dass es auch so blieb. So kniff und drehte er die Brustwarzen erst leicht zwischen seinen Fingern, dann umkreiste er sie mit seiner Zunge. Anschließend lutschte er ausgiebig an ihnen.

Lisas Atem ging wieder schneller und ihre folgende Frage war eher ein Bitten: „Diesmal fickst du mich wieder richtig mit deinem Schwanz, OK?"

Mario antwortete darauf nicht, sondern schaute noch einmal kurz auf ihre rotgefingerte Muschi, aus der glitzernder Schleim austrat, und drang dann auch schon in sie ein.

Sofort schrie Lisa quälend auf und krallte ihre Nägel in Marios oberen Rücken.

Nach ein paar Stößen ließ Mario kurz von Lisa ab, um die Stellung zu wechseln. Dabei drehte er Lisa auf die Seite, schlang sich ihr oberes Bein um die Schulter und stellte sein linkes Bein auf den Boden. Das andere Bein blieb kniend auf dem Sofa. So hatte er mehr Stoßkraft und konnte Lisa kräftig ficken. Dazu kamen noch Lisas lustvoller Blick und ihr leicht geöffneter Mund, aus dem lautes und quietschendes Stöhnen kam. All das törnte Mario wahnsinnig an. Er war in voller Ekstase und hatte Schweißperlen auf der Stirn, sein Gesicht war gerötet. Doch plötzlich stoppte Mario seine Stöße, ließ sein heißes Glied aber in Lisas Vagina. Mit feurigem und erregtem Blick fragte er sie dann: „Willst du mehr? Soll ich`s dir so richtig geben? Soll ich deine Fotze so richtig wund vögeln, du kleine Schlampe?"

„Ja, gibt`s mir!", quiekte Lisa zurück.

Das ließ sich Mario nicht zweimal sagen. Ein paar Mal drang er nun kräftig in sie ein, nachdem er sein Glied jedes Mal komplett herausgezogen hatte. Sie war einfach so schön eng! Dann kam er schließlich und brach anschließend erschöpft über Lisa zusammen.

„Du bist der Wahnsinn", keuchte Mario ihr dabei ins Ohr.

Lisa schmunzelte. Vielleicht würde ja nun doch mit ihr zusammen sein wollen.

Als Mario wieder ruhiger atmen konnte, richtete er sich auf.

„Ich gehe jetzt duschen, was ist mit dir?"
Lisa schaute auf die Uhr und erschrak: „Waaas? Schon halb zwölf?" Sofort sprang sie auf, suchte ihre Sachen im Flur zusammen und zog sich zügig an. Schnell drückte sie Mario noch einen Kuss auf den Mund, dann war sie auch schon verschwunden.

Am nächsten Tag hatte Lisas Klasse wieder Chemie, doch zur 5. Stunde trat nicht Herr Wagner, sondern Herr Bernd ein.
„Mahlzeit, ihr Lieben!", begrüßte er die Schüler. „Ja, ich weiß, ihr seid überrascht, genauso wie wir Lehrer. Herr Wagner wird ab sofort am Meierland-Gymnasium unterrichten. Dies war eigentlich erst für den folgenden Monat vorgesehen. Da es aber einen langen Krankheitsfall am Meierland-Gymnasium gibt, wurde Herr Wagner gebeten, schon diese Woche anzufangen. Ab jetzt müsst ihr also wieder mit mir vorlieb nehmen."
Mehrere Schüler fingen zu tuscheln an.
Lisa war sprachlos, fand ihre Fassung aber schnell wieder und meldete sich.
„Ja, Lisa, bitte."
„Ähm, kommt Herr Wagner nochmal vorbei, um sich zu verabschieden? Ich meine, er wohnt ja noch hier in der Stadt, oder?"
„Ich weiß nicht, ob er sich noch verabschieden wird. Und ja, er wohnt noch hier. Soweit ich weiß, hat er aber eine neue Wohnung ab nächsten Monat in der Nähe vom Meierland-Gymnasium. Und nun lasst uns zum Thema Chemie kommen!"
Lisas Gedanken schweiften ab. Wie konnte sie ihn kontaktieren? Wann würde sie ihn das nächste Mal wiedersehen? Würde sie ihn überhaupt wiedersehen? Sie bekam Panik und beschloss am Abend bei ihm vorbeizufahren.
  Mario war am Abend aber nicht zu Hause. Es brannte kein Licht, und Lisa sah auch nirgendwo sein Auto parken.
Sie fuhr nun jeden Abend zu ihm, traf ihn aber die ganze Woche nicht an. Es hingen allerdings noch Gardinen am Fenster. Ausgezogen schien er also noch nicht zu sein. Daher hoffte Lisa, ihn eventuell am

Wochenende anzutreffen. Und tatsächlich, am Samstagnachmittag antwortete Mario durch die Sprechanlage mit einem fragenden „Hallo".
Freudig erwiderte Lisa: „Hi Mario, hier ist Lisa!"
Aber Mario wies sie gleich ab: „Es geht jetzt nicht, ich packe gerade Kartons und baue auch schon einige Möbel ab. Morgen werde ich schon umziehen! Ich werde mich bei dir melden!"
Aber Lisa ließ nicht locker: „Nur kurz! So zwischendurch eine kleine Entspannung?"
„Hör zu Lisa, ich bin wirklich im Stress. Tschüss!" Dann verstummte die Anlage.
Wütend machte Lisa auf dem Absatz kehrt und radelte wie besessen nach Hause.

Es verging eine Woche, zwei Wochen, drei Wochen, aber Mario meldete sich einfach nicht. Doch dann, nach fast einem Monat, war es endlich soweit: Mario rief an. Lisa war gerade oben in ihrem Zimmer, als ihre Mutter von unten rief: „Lisa, da ist ein Mario für dich am Telefon!"
Lisa sprang sofort von ihrem Schreibtischstuhl auf und trampelte die Treppe hinunter. Sie entriss ihrer Mutter das Telefon und hechelte ein kurzes „Hi" in den Hörer.
„Hallo Lisa, hier ist Mario, ich hoffe, deine Mutter weiß nicht, wer ich bin?!"
„Ne, keine Sorge, die kennt nur die Nachnamen." Lisa nahm das Telefon mit hoch in ihr Zimmer.
„Pass auf, ich war eben nochmal kurz in der Schule, um ein paar Sachen abzuholen. Ich dachte, wir könnten uns eventuell jetzt kurz treffen, bevor ich wieder zurückfahre?"
„Ja, ja, wann, wo?" Lisa war ganz aufgeregt.
„Beim Wiesenfeldweg, dort wo das Waldstück beginnt. Ich wäre gleich da."
„Ok, ich komme! Bis gleich!" Lisa legte auf, zog fix ihren Rock an und

schaute noch schnell in den Spiegel, bevor sie sich ihre Jeansjacke schnappte und losradelte.

Zehn Minuten später war Lisa am Waldrand angekommen. Von weitem sah sie schon Marios Auto. Er war ein paar Meter weit in den Feldweg hineingefahren und wartete dort auf sie.

Lisa stellte ihr Rad an einen Baum und ging zu Marios Auto. Als sie dort angekommen war, öffnete sie die Beifahrertür, ließ sich auf den Sitz plumpsen und schlug die Tür wieder zu.

„Hi", begrüßte sie Mario mit einem schüchternen Lächeln.

Mario kam gleich zur Sache: „Hey Sexbombe, jetzt können wir nachholen, was wir damals nicht konnten. Sex im Auto. Hast du Lust mich zu reiten?"

Natürlich hatte Lisa Lust, besonders auf Mario und besonders jetzt, denn sie hatte seit dem letzten Sex mit Mario vor circa einem Monat mit keinem anderen mehr geschlafen.

Und Mario war genauso ausgehungert wie Lisa. Er beugte sich zu ihr herüber und küsste sie. Dabei fummelte er ihr unters T-Shirt und grapschte unsanft nach ihren Busen.

Lisa quietschte leicht auf, aber es törnte sie auch wahnsinnig an.

Mario fackelte jetzt nicht mehr lang. Während sie sich weiterküssten, öffnete er schnaufend seine Hose und forderte Lisa auf, ihn zu besteigen.

Lisa streifte schnell ihren Slip ab. Doch bevor sie Mario bestieg, lutschte sie noch gierig an seinem Schwanz auf und ab.

Plötzlich drückte Mario Lisas Kopf nach unten, während Lisa noch seine Latte im Mund hatte und befahl ihr: „Bleib unten, da kommt ein Auto!"

Der Wagen fuhr im Schritttempo an ihnen vorbei und weiter in den Wald hinein.

„Komm lass uns schnell machen, der Feldweg ist eine Sackgasse! Der kommt bestimmt gleich wieder zurück!"

Lisa zögerte nicht. Sie kam wieder hoch, schwang ihr rechtes Bein über Mario und begann ihn zu reiten.

Mario zog ihr dabei das T-Shirt bis über die Brust und klappte ihren

BH etwas nach oben, so dass er an ihren Brustwarzen züngeln konnte. Er liebte ihre schweren Brüste.

Beide waren so in Ekstase, dass sie nicht bemerkten, dass das vorbeigefahrene Auto tatsächlich wieder zurückkam. Kurz bevor der Wagen auf gleicher Höhe war, kamen sie gemeinsam zum Orgasmus. Lisa hüpfte dabei laut stöhnend und wild auf Mario herum und brachte Marios Auto damit stark zum Wackeln.

Nach dem Ritt blieb Lisa noch etwas auf Mario sitzen. Beide atmeten schwer, lachten sich aber glücklich an. Dann erst nahm Mario das Auto aus seinem Augenwinkel war, welches neben ihnen angehalten hatte. Erschrocken drehte Mario seinen Kopf und schaute in das Gesicht eines älteren Herrn. Dieser schüttelte unmissverständlich seinen Kopf und brauste dann davon.

Lisa lachte. „Kanntest du den?"

„Nicht das ich wüsste. Ich hoffe jedenfalls, dass der uns nicht kennt oder mein Kennzeichen aufgeschrieben hat. Bei denen weiß man nie!"

Lisa stieg wieder auf die Beifahrerseite, und während sie sich ihren Slip anzog, sagte sie: „Ach wenn schon, kann er ja eh nicht beweisen. Wo fahren wir denn jetzt hin?" Erwartungsvoll blickte sie Mario an.

„Nirgendwohin. Das war das letzte Mal mit uns", antwortete er kühl.

Lisa schaute Mario geschockt an. Sie spürte, dass er es ernst meinte.

Mario blickte starr durch die Windschutzscheibe, als er weiterredete: „Ich habe da jemanden kennengelernt, eine Lehrerkollegin vom Gymnasium. Es ist noch nichts zwischen uns gelaufen, wir waren erst zweimal abends essen. Aber ich denke, es wird sich was zwischen uns entwickeln."

Lisa spürte einen Stich in ihrem Herzen.

„Hast du dich in sie verliebt?" Tränen stiegen ihr in die Augen.

„Ja, vielleicht."

„Und warum vögelst du dann mit mir, du Schwein?!"

Lisa war außer sich.

„Weil ich noch nicht mit ihr zusammen bin und außerdem schon lange keinen Sex mehr hatte", entgegnete Mario trocken.

„Und wenn der Sex mit ihr nicht gut ist? Kommst du dann heimlich zu mir?", fragte Lisa weinerlich, aber voller Hoffnung.
„Nein, ich bin treu. Fakt ist, dass ich das jetzt hier beenden möchte."
„Aber wir können doch auch zusammen sein!", flehte Lisa ihn an.
„Nein, das können wir nicht! Wir können uns nirgendwo zusammen blicken lassen! Außerdem sind wir an einem anderen Punkt in unserem Leben. Du musst dich ausprobieren, rumvögeln, ich bin jetzt auf dem Familientrip. Was haben wir denn anderes zusammen gemacht, als zu vögeln? Wir hatten eine Affäre, Lisa, mehr nicht!"
„Familientrip! Ja, das merke ich! Eine Achtzehnjährige ficken und Familie wollen. Komisch, passt irgendwie nicht zusammen." Lisa wurde wütend. Sie fühlte sich ausgenutzt.
„Lisa, es wird jetzt schmutzig, lass uns nicht so auseinander gehen! Ich hatte geilen Sex mit dir, du bist eine absolute Sexbombe, aber jetzt ist es vorbei. Du kannst jeden haben!"
Lisa wollte nicht mehr jeden haben, sie wollte nur noch Mario. Ohne Vorwarnung verpasste sie ihm eine Ohrfeige.
Mario reagierte nicht, er verstand Lisas Ohnmacht. Vielleicht hatte er es sogar verdient.
Lisa wurde noch wütender, weil es Mario nichts auszumachen schien.
„Fick dich!", schrie sie ihm daher noch nachträglich entgegen, riss dann die Tür auf und rannte zu ihrem Rad. Ohne sich noch einmal umzublicken, radelte sie davon. Sie war sich sicher, dass Mario wieder zu ihr zurückkommen würde, doch dann würde sie ihm eiskalt den Laufpass geben! Sollte er doch betteln, wie er wollte! Sie war jetzt fertig mit ihm!
Mario lief oder fuhr ihr nicht hinterher, auch wenn sie ihm irgendwie Leid tat. Aber er liebte Lisa nicht, sie war nur eine Affäre gewesen. Und eine Affäre mit einer seiner Schülerinnen war zu riskant für seine Karriere. Die wollte und durfte er auf keinen Fall aufs Spiel setzen. Außerdem war die Geschichte mit der Kollegin gelogen gewesen. Aber Mario hatte Lisa einen Grund geben müssen, ihn endgültig zu vergessen. Anders wäre er sie nicht losgeworden. Das wusste er.

2. Dildoparty

„Dildoparty?", fragte ich meine Kollegin Mia fassungslos. Ich konnte es nicht glauben.
„Ja, sowas wie eine Kerzenparty. Da kommt eine Verkäuferin mit verschiedenen Kerzen oder eben Dildos und stellt diese vor. Willst du nun mitkommen oder nicht? Ich muss heute zu- oder absagen."
„Hm." Mehr konnte ich in diesem Moment nicht von mir geben. Ich wusste nicht, was ich davon halten sollte. Klar, kannte ich diese Verkaufspartys. Ich war mal auf einer Schmuckparty gewesen, aber was sollte ich auf so einer Dildoparty? Ich brauchte keinen Dildo, ich hatte einen Ehemann. Auch wenn es im Bett nicht mehr so gut zwischen uns lief und der Sex immer seltener wurde, wäre ich nie auf die Idee gekommen, mir einen Dildo zu kaufen.
„Also, was nun? Ich rufe jetzt Julia an. Bist du dabei?", riss mich Mia aus meinen Gedanken.
Und wieder kam nur ein „Hm" aus mir heraus.
„Britta, so ein Dildo bringt mehr Schwung ins Eheleben! Du musst ihn ja nicht allein benutzen", zwinkerte mir Mia verschwörerisch zu.
„Na gut, wenn`s nichts für mich ist, kann ich ja gehen", entschied ich mich.
„Genau." Und schon wählte Mia Julias Nummer.

Am übernächsten Samstag war es dann soweit. Mia und ich hatten vereinbart, dass ich erst zu ihr komme, und wir dann gemeinsam zur Dildoparty gehen.
Als ich klingelte, machte mir Mia mit einem Glas Wein in der Hand schon leicht beschwipst die Tür auf.
„Komm rein!", flötete sie mir fröhlich zu. „Silke ist auch schon da!"
Silke war eine andere Freundin von Mia, die ich noch nicht kennengelernt hatte. Lachend winkte sie mir aus dem Wohnzimmer zu.
„Wir haben schon ein Glas Wein für dich bereitgestellt. Wer weiß, was uns heute Abend noch so erwartet. So sind wir ein bisschen lo-

ckerer", teilte Mia mir mit, als ich meine Jacke im Flur aufhängte.
„Müssen wir nicht gleich schon los? Ist doch schon zwanzig vor sieben?", fragte ich etwas verwundert zurück.
„Für ein Glas Wein ist immer noch genug Zeit, Brittamaus! Ab ins Wohnzimmer mit dir!" Mia schob mich vor sich her, bis wir im Wohnzimmer standen. Dann stellte sie mich Silke vor: „Silke, das ist meine Kollegin Britta und Britta, das ist meine ehemalige Kollegin Silke und nun eine gute Freundin von mir!"
Silke und ich gaben uns förmlich die Hand, bevor ich mich in den schwarzen Ledersessel setzte. Sofort drückte mir Mia das Weinglas in die Hand und schwärmte: „Ein Merlot der Spitzenklasse und trotzdem so günstig. Einfach lecker, lecker, lecker!" Dann setzte sie sich mir gegenüber neben Silke aufs Sofa.
Mia war sehr extrovertiert, bildhübsch und sah zehn Jahre jünger aus als sie war. Nur der richtige Mann war ihr noch immer nicht über den Weg gelaufen. Sie hatte zwar mehrere Affären gehabt, von denen sie immer gern ausschweifend berichtete, vor allem wenn es um den sexuellen Teil ging, aber keiner der Männer meinte es bisher wirklich ernst mit ihr. Ich fühlte mich aufgrund ihrer ganzen Bettgeschichten immer etwas bieder, denn der Sex mit meinem Mann war eher langweilig und eintönig geworden.
Silke schien auch kein Kind von Traurigkeit zu sein. Sie wirkte sehr offen und aufgeschlossen und war ebenfalls eine Schönheit, wenn auch etwas herber als Mia. Heute hätten die beiden jedenfalls gut den Teufel und den Engel spielen können, denn Mia, mit ihren blonden langen Haaren und großen blauen Augen, hatte sich in eine enge weiße Stretch-Bluse gequetscht, damit ihre Brüste gut zur Geltung kamen. Silke dagegen hatte kurze, dunkelbraune Haare und große braune Rehaugen und trug eine schwarze Bluse und eine schwarze, enge Lederhose. Als Domina hätte sie bestimmt eine gute Figur abgegeben. Wer weiß, vielleicht war das ja ihr heimlicher Nebenjob, für den sie nun Dildos brauchte. Mir war es aber auch egal. Hauptsache der Abend ging schnell an mir vorüber.
„Wer kommt denn eigentlich noch zur Party?", wollte ich von Mia

wissen, damit ich mich innerlich auf die Gäste einstellen konnte.
„Meine Freundin Julia ist ja die Gastgeberin, wie du weißt. Von ihr kommen auch zwei Kolleginnen, Susi und Ulla. Naja, und dann die beiden Frauen, die die Dildos an den Mann, äh Frau, bringen wollen."
Mia hielt sich die Hand vor den Mund und kicherte.
„Zwei Frauen gleich?" Ich zog fragend die Augenbrauen hoch.
Doch Mia kam nicht mehr zum Antworten, Silke unterbrach uns: „Ich glaube, wir sollten mal los, Mädels, es ist kurz vor sieben."
So zogen wir im Flur unsere Jacken an und gingen dann zu Fuß drei Straßen weiter zu Julias Wohnung. 5 nach 7 waren wir dann dort.
„Da seid ihr ja endlich!", begrüßte uns Julia ungeduldig. „Es sind schon alle da!"
Schnell legten wir unsere Jacken ab und folgten ihr ins Wohnzimmer. Dort traf mich der Schlag. Zwei großgewachsene Frauen in schwarzen enganliegenden Lackoveralls, die eine mit knallgelben, die andere mit feuerroten Haaren, waren gerade dabei auf einem mitgebrachten Klapptisch ihre Dildos aufzubauen.
Als Julia uns alle Anwesenden vorstellte, erfuhr ich, dass die Verkäuferin mit den roten Haaren Maria hieß und die mit den gelben Lucy, und dass Susi die linke von den beiden Frauen war, die auf dem Sofa saßen und Ulla die rechte.
Was war ich erleichtert, dass Susi und Ulla in Jeans und T-Shirt gekommen waren, denn so war ich nicht die einzige, die legere Kleidung trug, denn auch Julia, die Gastgeberin, war schick gekleidet mit einem knielangen, geblümten Rock, einem schmalen, beigen Gürtel und einer roten Bluse.
Julia war es dann auch, die mich aus meinen Gedanken riss: „Setzt euch, wo Platz ist. Ich schenke euch fix Sekt in der Küche ein." Und schon war sie wieder verschwunden.
Ich fühlte mich zu den beiden Jeansträgerinnen hingezogen und ergatterte mir schnell den freien Platz links neben Susi. Jetzt war das Dreiersofa auch schon voll. Silke setzte sich in den Sessel rechts und Mia in den Sessel links vom Tisch. Dann kam Julia auch schon mit einem Tablett zurück, auf dem drei Sektgläsern standen. Sie gab uns

die Gläser, nahm dann auf der Sofalehne neben mir Platz und wandte sich an Maria und Lucy: „So, wir sind nun alle vollständig. Wenn ihr wollt, könnt ihr beginnen!"

„Wir sind gleich fertig, gebt uns noch 2 Minuten!", antwortete Maria. Ich nutzte die 2 Minuten, um Susi und Ulla anzusprechen: „Seid ihr zum ersten Mal auf einer Dildoparty?"

Beide nickten.

„Und du?", fragte Susi zurück. Susi hatte ihre rotblonden Haare zu einem strengen Pferdeschwanz gebunden, so dass ihre lebhaften grünen Augen noch mehr herausstachen. Ihre Sommersprossen ließen sie irgendwie niedlich aussehen.

„Ja, ich auch und ehrlich gesagt, habe ich auch noch keinen Dildo benutzt", verriet ich freimütig, schließlich befanden wir uns ja hier auf einer intimen Party.

Susi schaute etwas beschämt zu Boden, als sie antwortete: „Also, ich schon, ich bin ja seit einem Jahr Single."

Ulla war da selbstbewusster und klärte mich ziemlich direkt über ihr Sexualleben auf: „Ich bin lesbisch, und meine Freundin und ich benutzen immer Dildos."

„Ah." Mehr konnte ich grad nicht sagen, ich war zu überrascht über ihre Offenheit. Noch nie hatte ich mit einer Lesbe gesprochen, schon gar nicht über ihre sexuellen Praktiken. Außerdem fiel mir auf, dass ich scheinbar ein ziemliches Vorurteil gegenüber dem Aussehen von Lesben hatte. In meiner Vorstellung hatten sie alle kurze Haare und eine kräftige Figur und sahen irgendwie männlich aus. Ulla aber hatte blondes schulterlanges Haar, war leicht geschminkt und zierlich gebaut. Ich hätte sie auf der Straße nie als lesbisch eingestuft.

Als ich den ersten Schock überwunden hatte, fragte ich sie weiter: „Und deine Freundin? Wollte die nicht mitkommen heute?"

„Nein, die steht nicht auf solche Partys. Außerdem lässt sie mich immer die Dildos aussuchen. Ich bin ja auch eher diejenige, die die Dildos braucht. Meine Freundin steht er aufs Fingern oder Oral."

„Ah." Und wieder erschreckten mich ihre Worte. War ich etwa zu prüde? Und war ich hier etwa die einzige, die noch nie einen Dildo

benutzt hatte? Ich fühlte mich auf einmal sehr unwohl.
„Okay, wir wären dann soweit!", wandte sich Maria dann plötzlich mit erhobener Stimme an uns.
Wir verstummten und richteten unsere Blicke auf die beiden extravaganten Verkäuferinnen.
Dann fuhr Maria fort: „Also, kurz zu uns beiden. Unsere Namen kennt ihr ja bereits. Wir beide sind seit einiger Zeit sehr erfolgreich mit unserer Dildo-Verkaufsshow. Ursprünglich hatten wir mit einer ganz normalen Verkaufsparty angefangen, haben uns dann aber immer mehr getraut und festgestellt, dass durch unsere Erweiterung der Dildo-Präsentation die Umsatzzahlen stark steigen."
Ich bekam Panik und ahnte schon etwas. Während Maria weitersprach, fragte ich daher sicherheitshalber leise bei Julia nach, die ja neben mir auf der Sofalehne saß: „Was ist denn so besonders an deren Show?!"
„Wart`s ab!" flüsterte Julia aufgeregt zurück.
Leider hatte ich nun einen Teil von Marias weiterer Ansprache verpasst. Ich hörte nur noch ihre letzten Sätze: „Wir zeigen euch somit hautnah, was man mit den Dildos und Vibratoren machen kann, wie sie sich anfühlen und was sie bewirken. Und anschließend könnt ihr die Dildos natürlich auch selbst ausprobieren!"
„Waaas? Hier?", schoss es ungläubig aus meinem Mund.
Alle Blicke richteten sich auf mich.
„Ja, selbstverständlich, du sollst ja bei uns kein Produkt kaufen, das dir nachher nicht gefällt", konterte Lucy. „Aber wenn du nicht möchtest, musst du es natürlich auch nicht."
Dann übernahm Maria wieder das Wort: „Okay Mädels, ich würde sagen, dann starten wir mal!" Sie schnappte sich den ersten Dildo vom Tisch, der einem echten Penis zum Verwechseln ähnlich sah. „Wir fangen mal mit dem meistverkauften Stück, dem „Real Dildo" an. Wie ihr sehen könnt, sieht er täuschend echt aus. Die Eichel ist sehr gut ausgeprägt, und er ist sehr flexibel und biegsam." Maria bog den Dildo hin- und her, bevor sie fortfuhr: „Aber warum er so beliebt ist, und das ist das absolute Highlight an diesem Dildo, er hat sehr

ausgeprägte Adern, und ich kann euch aus Erfahrung sagen, dass diese die Vagina höchstintensiv stimulieren! Da lässt der Orgasmus nicht lange auf sich warten! Für längere Liebesspiele daher eventuell nicht geeignet, es sei denn, man, äh Frau, kommt nicht so schnell zum Orgasmus. Ich gebe ihn mal rum, damit ihr ihn mal in euren Händen fühlen könnt."

Maria übergab den Dildo Silke, dann kam er über Ulla und Susi zu mir. Allerdings wusste ich nicht so recht, was ich mit dem Dildo machen sollte. Ich nahm ja noch nicht mal den Penis meines Mannes in die Hand. Daher reichte ich den Dildo schnell an Julia weiter.

Und Julia war begeistert.

„Der sieht ja sogar von Nahem täuschend echt aus! Wow, der ist bestimmt wirklich höchst anregend! Am liebsten würde ich den gleich mal ausprobieren", vertraute sie euphorisch der Runde an.

Wo war ich hier nur gelandet? Ich kannte Julia nur flüchtig, und nun sprach ich hier mit ihr über Dildos! Ich musste mich selbst kneifen, um festzustellen, dass ich nicht träumte.

Dann gab Mia den Dildo zurück an Lucy, die sofort zur Sache kam: „So, dann führen wir euch mal vor, wie schnell man mit dem „Real Dildo" zum Orgasmus kommt!"

Ich traute meinen Ohren nicht! Die wollten doch tatsächlich hier und jetzt den Dildo benutzen? Das ging mir zu weit. Aber aufstehen und einfach gehen, wagte ich nicht. Ich wollte ja keine Spielverderberin sein und schon gar nicht als bieder abgestempelt werden. Also musste ich mir die Prozedur wohl oder übel anschauen.

Maria hatte es sich mittlerweile auf dem Zweiersofa, das neben dem Dildotisch stand, bequem gemacht. Sie lag auf dem Rücken und öffnete gerade mit einem Reißverschluss den gesamten Schritt des Lackoveralls, so dass sie im Prinzip nun zwei lange Lackstrümpfe trug, die nur noch mit dem Oberteil des Overalls verbunden waren. Zwischen Marias Beinen sah man jetzt ihre glattrasierte Vagina.

Derweil rieb Lucy den Dildo mit einem Gleitgel ein. Als sie damit fertig war, beugte sie sich über Maria und begann sie zu küssen.

Ich wandte mich angeekelt ab, während die anderen ein leises Johlen

anstimmten. Es nützte nichts, ich musste da nun durch und zwang mich wieder hinzusehen.
Lucy hatte bereits angefangen, den Dildo kreisend zwischen Marias Schamlippen hin und her zu reiben.
Maria schien es zu gefallen, denn sie schloss ihre Augen und begann leicht zu stöhnen.
Daraufhin führte Lucy den Dildo fast bis zum Ansatz in Marias Vagina ein, um ihn anschließend langsam wieder herauszuziehen.
Dies ging eine Weile so weiter, bis Maria „Schneller!" rief und Lucy ihr gehorchte. Sie beschleunigte den Stoßrhythmus und zog den Dildo nun nicht mehr ganz so weit aus Marias Vulva.
Ich war erstaunt darüber, wie sich Maria hier so vor versammelter Mannschafft gehen lassen konnte. Und noch immer konnte ich nicht glauben, dass ich hier live beim Sex zuschaute!
„Komm, Baby, komm!", spornte Lucy Maria dann an und bewegte den Dildo noch schneller.
Plötzlich bäumte Maria ihren Unterleib auf, zog die Augenbrauen zusammen und schrie immer wieder: „Ja, ja, ja!" Es war offensichtlich, dass sie einen Orgasmus hatte.
Ich muss zugeben, dass mich der Anblick schon etwas erregte, und den offenstehenden Mündern der anderen nach zu urteilen, ging es ihnen augenscheinlich genauso.
Maria blieb noch auf dem Sofa liegen, als sich Lucy uns freudig zuwandte: „Also, ihr seht, das ging ziemlich schnell, nicht mal zehn Minuten und Maria hatte einen Orgasmus!" Sie wusch den Dildo in einer Wanne mit Wasser, trocknete ihn ab und packte ihn anschließend in ein Säckchen. Währenddessen sprach sie weiter: „Wir zeigen euch jetzt noch ein paar weitere Dildos und auch Vibratoren, und dann könnt ihr gern einen wählen und selbst ausprobieren."
Maria hatte sich unterdessen den Schrittteil schon wieder an den Overall gezippt und stand jetzt wieder neben Lucy. Sie packte weitere Dildos auf den Tisch und übernahm dann das Wort: „Die nächste Steigerung zum „Real Dildo" wäre dann dieses Prachtexemplar." Sie hielt einen neonpinkfarbenen Dildo aus Gummi hoch und fuhr fort:

„Eigentlich ist er fast identisch mit dem „Real Dildo", denn er ist gleich lang, also 23 cm, und auch gleich breit, also circa 4 cm. Und er hat auch die ausgeprägten Adern. Aber es kommt noch etwas hinzu. Er sieht zwar wie ein Dildo aus, ist aber in Wirklichkeit ein 3-Stufen-Vibrator. Die Vibration wird von Stufe zu Stufe schneller und stärker, je nachdem wie man es gerade braucht." Maria demonstrierte uns die 3 Stufen, und man konnte deutlich den Unterschied hören. Dann übergab sie uns auch diesen Vibrator, damit wir ihn uns in Ruhe anschauen konnten. Diesmal war ich etwas aufgeschlossener, ließ den Vibrator durch meine Hände gleiten und probierte die verschiedenen Stufen aus. Dabei stellte ich fest, dass es zwischen meinen Beinen zu prickeln anfing. „Vielleicht hätte ich den Penis meines Mannes mal öfter anfassen sollen", schoss es mir durch den Kopf, „das törnt mich ja richtig an."

Als alle den sogenannten „Pink Rabbit" begutachtet hatten, stellte Lucy den nächsten Vibrator vor: „Hier haben wir den „G-Spot Vibe One". Wie ihr seht, ist er glatt, also ohne künstliche Äderchen, dafür ist er aber stärker gebogen und das Ende ist schön groß und rund geformt. Dadurch lässt sich der G-Punkt perfekt und gezielt stimulieren. Zusätzlich hat er zehn Vibrationsstufen. Von klassischer Vibration über pulsierend bis hin zu kreisenden Bewegungen ist alles dabei. Außerdem liegt er sehr leicht in der Hand, weil er ohne Batterien auskommt. Man kann ihn bequem mit einem Ladekabel aufladen."

Lucy gab dann auch diesen Vibrator herum, und ich hörte, wie meine Kollegin Mia ausrief: „Den würde ich gern mal ausprobieren!"

Und ich traute meinen Ohren schon wieder nicht, als Silke erwiderte: „Ich helfe dir dabei, Schatz!"

Wo war ich hier nur gelandet?

Der nächste Vibrator wurde wieder von Maria vorgestellt: „Und hier nun der absolute Wahnsinn, der „Turbo Deluxe G-Spot". Das Ende ist auch hier schön gebogen und knubbelig, um den G-Punkt gezielt zu stimulieren, aber der Knaller ist der kleine Klitorisarm hier vorn. So wird der Orgasmus so richtig schön intensiv. Aber das ist noch nicht alles! Der „Turbo Deluxe G-Spot" hat zusätzlich noch sagenhafte 20

Vibrationsstufen! Sanft, fordernd, ruckartig, pulsierend, klopfend, alles was das Herz begehrt! Da kommt einfach jede Frau zum Orgasmus!" Maria führte uns einige Stufen vor.

„Wow", kam es aus einigen Mündern gleichzeitig, und auch ich begann Lust zu spüren, diesen Vibrator mal auszuprobieren.

Nachdem der „Turbo Deluxe G-Spot" herumgegangen war, stellte Lucy einige andere Dildos und Vibratoren nur flüchtig vor: „So, nun habt ihr die beliebtesten Dildos und Vibratoren kennengelernt. Wir haben hier noch einige andere aufgestellt, zum Beispiel diesen hier." Lucy hielt einen schwarzen, nicht gebogenen, kürzeren Vibrator mit Klitorisarm hoch. „Der ist auch gut für anale und zusätzlich klitorale Stimulation geeignet." Dann zeigte sie auf das eine Ende des langen Tisches. „Dort drüben haben wir noch ein paar andere Dildos in verschiedenen Größen aufgestellt. Da gibt es kleinere, wer zum Beispiel eine schmalere Vagina hat, oder auch sehr breite oder längere Dildos, wer eine größere Vagina hat oder gern etwas Schmerz beim Sex spüren möchte." Lucy schaute uns verheißungsvoll an. Dann sprach sie weiter: „Und wer es nicht gebogen mag, für den gibt es natürlich auch gerade Dildos, oder welche mit Noppen, so wie dieser hier." Lucy fischte einen knallgelben Noppen-Dildo, der gut zu ihrer Haarfarbe passte, zwischen den anderen Dildos hervor. „Sehr einfach, aber höchst effektiv, ich spreche aus Erfahrung." Lucy blickte uns dabei tief in die Augen. „Also, steht ruhig auf, schaut euch um und sucht euch einen Dildo oder Vibrator zum Ausprobieren aus!"

So erhoben wir uns, gingen zum Tisch und begutachteten die dort aufgestellten Dildos und Vibratoren. Hin und wieder nahmen wir auch einen in die Hand, um uns diesen genauer anzuschauen und fragten auch mal bei Lucy und Maria nach, was so besonders an diesem und jenem war. Wir brabbelten dabei alle durcheinander, bis Mia allen etwas lauter mitteilte, dass sie den „G-Spot Vibe One" immer noch am besten finden würde und diesen jetzt gern ausprobieren wolle.

„Hilfst du mir nun, Silke?", hörte ich sie dann ganz offen fragen.

Oh mein Gott, nun würde ich meine Kollegin beim Sex mit einer ihrer

Freundinnen sehen! Was sollte ich bloß tun?

Aber ich konnte nicht lange überlegen, denn schon sah ich, wie sich Mia auf das Zweiersofa setzte, wo vorher Maria gelegen hatte, und Silke ganz selbstverständlich neben ihr Platz nahm und sie zu küssen begann.

Ich war wie erstarrt bei dem Anblick, besonders, als Silke nun ihre Hand an Mias Bluse führte und den ersten Knopf öffnete, dann den zweiten und dann auch noch den dritten! Anschließend tastete Silke sich zu einer Brust vor und holte sie aus dem BH, um dann zart an der Brustwarze zu saugen.

Mia seufzte auf und legte sich mit geschlossenen Augen nach hinten an die Sofalehne und ließ sich weiter von Silke verwöhnen, die nun Mias Bluse komplett aufknöpfte und sie ihr vorsichtig auszog. Anschließend öffnete sie noch ihren BH und nahm ihn ihr ebenfalls ab.

Zum ersten Mal sah ich nun Mias Brüste. Natürlich waren auch diese perfekt, genauso wie ihr restlicher Körper. Ich spürte Neid in mir hochkommen, aber auch irgendwie das Bedürfnis, Mias schöne Brüste zu berühren. In diesem Moment sprach mich Silke an: „Britta, steh` da nicht so rum, hilf mir Mia zu befriedigen!"

In mir stieg Panik hoch, und nach zwei Schreckenssekunden antwortete ich murmelnd: „Ja, gleich, ich muss nochmal schnell ins Bad", und schon verschwand ich auch schon Richtung Badezimmer.

Dort angekommen, schaute ich erst einmal in den Spiegel, weil ich mir nicht mehr sicher war, ob ich vielleicht gerade träumte. Mein Kopf war hochrot und pulsierte, und ich schüttete mir erst einmal kaltes Wasser ins Gesicht, um wieder zur Besinnung zukommen. Dann setzte ich mich auf die Toilette und stellte fest, dass ich stark feucht zwischen den Beinen geworden war und meine Schamlippen angeschwollen waren. Ich musste mir eingestehen, dass ich hocherregt war. Und nun? Was sollte ich nun machen? Ich kämpfte mit meinem inneren Widerstand. Sollte ich mich fallenlassen oder ging das zu sehr gegen meine Norm? Hatte ich jetzt überhaupt noch eine andere Wahl? Warum nicht mal aus Konventionen ausbrechen? Ging ich etwa fremd, wenn ich meine Kollegin befriedigte? All das schwirrte in meinem Kopf herum. Doch ich hatte mich bereits entschieden, öffnete die Badezimmertür und blieb dann doch, bei dem Anblick, der sich mir nun bot, wie angewurzelt stehen. Nicht nur Silke und Mia vergnügten sich gerade, sondern auch Lucy und die lesbische Ulla. Ulla stand dabei hinter dem linken Sessel und hatte sich mit ihrem Oberkörper nach vorn auf die Sessellehne gelehnt. Ihre Augen waren wie in Trance halb geschlossen und ihr Mund leicht geöffnet, während Lucy Ulla an den Hüften festhielt und sie von hinten in einem wilden Rhythmus vögelte. Im ersten Moment war mir nicht klar, wie sie das machte, doch dann sah ich, dass sich Lucy so einen Penisgürtel umgeschnallt hatte.

Dann wanderte mein Blick weiter zum Dreiersofa, das man nun auch wirklich so nennen konnte. Julia lag hier mit gespreizten, aufgestellten Beinen, während Maria am Ende des Sofas saß und sie mit dem Noppendildo beglückte. Die rothaarige Susi saß dabei neben dem Sofa und stimulierte Julias Brustwarzen, indem sie an der einen nuckelte und die andere zwischen ihrem Daumen und ihrem Zeigefinger hin und her rieb.

Ich kam mir wie in einem Freudenhaus vor und wusste nicht, was ich nun tun sollte. So schweifte mein Blick wieder zu Mia und Silke zu meiner Rechten, und ich sah, dass Silke gerade dabei war, Mia großzügig am Hals entlang zu lecken, während sie Mias Klitoris mit dem dicken knubbeligen Ende des Vibrators massierte.

Wie eine Marionette ging ich auf die beiden zu und setzte mich neben Mia aufs Sofa.

„Da bist du ja endlich!", hauchte Silke mir zu und nahm dann auch gleich meine Hand, um sie auf Mias linke Brust zu legen. „Liebkose du sie hier oben, ich kümmere mich um ihre Muschi." Und schon hockte sich Silke auf den Boden zwischen Mias geöffnete Beine und drang mit dem Vibrator in ihre feuchte Möse ein. Mia seufzte auf.

Der Anblick meiner erregten Kollegin machte mich heiß. Ich begann, ihre Brüste zu massieren, und als Silke den Vibrator auf die erste Stufe schaltete, ging ich dazu über, behutsam an Mias Brustwarzen zu lutschen.

Was für ein unglaublich antörnendes Gefühl es ist, die Brustwarzen einer Frau zu liebkosen! Einfach Wahnsinn!

Nun traute ich mich auch endlich, Mia zu küssen, und dieses Gefühl von so weichen und zarten Frauenlippen auf den meinen, war ebenso prickelnd!

Als wir dann zu züngeln anfingen, kam Mia auch schon zum Orgasmus. Sie stöhnte dabei mit Julia, die ja auf dem anderen Sofa lag, um die Wette.

Ich wollte nun unbedingt auch einen Orgasmus! Und als ob Silke meine Gedanken lesen konnte, fragte sie mich: „Willst du jetzt auch?"

„Ja", antwortete ich kurz, mehr bekam ich nicht heraus.

„Und mit welchem Dildo?"

„Der mit dem Klitorisarm", sagte ich leise.

Sofort stand Silke auf und schnappte sich den „Turbo Deluxe G-Spot" vom Tisch.

Mia war inzwischen wieder zu sich gekommen und knöpfte bereits ihre Bluse zu. Dann lächelte sie mich an: „Ich danke dir, Britta. Das war wirklich total schön."

Für mich war das alles immer noch ziemlich verwirrend, aber ich hatte keine Zeit mehr, mir darüber den Kopf zu zerbrechen, denn schon stand Silke mit dem Vibrator vor mir.

„So, Mia, nun ist deine Kollegin dran! Rück` mal rüber, damit sich`s Britta bequem machen kann!"

Daraufhin rutschte Mia etwas weiter nach rechts, so dass ich mich in die Mitte des Sofas setzen konnte.

Mia lächelte mich an und begann, mir zärtlich über meinen Arm zu streicheln. Dann küsste sie mich sanft auf meine Lippen, und wir fingen wieder zu züngeln an. Dabei zog Mia mein T-Shirt hoch, und wir unterbrachen unsere Knutscherei kurz, damit sie es mir über den Kopf ziehen konnte. Mit einem Handgriff hatte Mia dann auch schon meinen BH geöffnet. Langsam nahm sie ihn mir ab und streichelte mit ihren Handflächen über meine harten Brustwarzen, bevor sie sie mit ihrer Zunge abwechselnd umkreiste.

Ein Schauer kam über mich, und ich merkte wie es zwischen meinen

Beinen stark pulsierte.
Als Mia dann an meinen Brustwarzen sog, war ich nicht mehr zu halten. Ein erleichterndes Stöhnen kam über meine Lippen, und Mia wies Silke mit einem Kopfnicken an, meine Hose zu öffnen.
Als Silke mir dann schließlich die Hose samt Unterhose ausgezogen hatte, spreizte ich meine Beine ganz automatisch, so dass sie den Vibrator zwischen meine feuchten und leicht geöffneten Schamlippen drücken konnte und bewegte ihn dort kreisend hin und her.
Ich konnte es nun kaum abwarten, den Vibrator ganz in mir zu spüren. Aber Silke machte mich erst noch heißer. Sie stellte den Vibrator auf die erste Stufe, und ich spürte eine ganz sanfte, aber höchst stimulierende Vibration zwischen meinen Schamlippen.
Und dann endlich, als ob Silke meine Gedanken schon wieder gelesen hatte, fragte sie mich: „Willst du ihn jetzt ganz in dir spüren?"
Silkes Stimme schien von weit weg zu kommen, so erregt war ich. Ich konnte nur leicht nicken, und das war das Zeichen für Silke. Sie führte den Vibrator tief in meine Vagina ein und schaltete dann auf die Stufe, die Penisstöße simulierte.
Es kam mir vor, als würde ich schweben. Quälend stöhnte ich im Rhythmus der Stöße, und als Silke zusätzlich noch die Vibration des Klitorisarm einstellte, kam ich auch schon. Das Kribbeln in meinem Unterleib breitete sich über meinen ganzen Körper aus, und dann entlud sich meine Anspannung explosionsartig. Ich konnte mich jetzt nicht mehr zurückhalten und ließ einen langen lauten Aufschrei aus meiner Kehle. Noch nie hatte ich die Kontraktion meiner Vagina so intensiv gespürt!
Kurze Zeit später öffnete ich langsam wieder meine Augen. Ich fühlte mich total erschöpft, aber auch sehr entspannt.
Silke war gleich aufgestanden, um den Vibrator zu säubern, aber Mia saß noch neben mir und fragte mich mit einem breiten Grinsen: „Und? Wie war`s?"
„Gut", antwortete ich leise und etwas schüchtern.
„Gut?" Mia schaute mich mit großen Augen an. Dann nahm sie ein Kissen und klopfte es mir immer wieder spielerisch auf meinen

Bauch, während sie mich neckte: „Gut? Gut, sagst du? Das sah aber nach mehr als gut aus! Das war doch der absolute Hammer! Einen vorbildlichen Orgasmus hattest du da! So sah es jedenfalls aus!"
„Ja, ja, es war der totale Wahnsinn!", gab ich mit etwas mehr Enthusiasmus zu.
„Siehst du!" Damit stand Mia auf und schenkte sich noch ein Glas Sekt ein.
Ich hatte gar nicht mitbekommen, was in der Zwischenzeit bei den anderen noch so passiert war, aber mittlerweile saßen alle wieder auf ihren ursprünglichen Plätzen und sahen irgendwie glücklich, entspannt und zufrieden aus.
Schnell huschte ich auch wieder auf meinen Platz auf dem Dreiersofa neben Susi. Scheinbar war ich die letzte gewesen, und alle hatten mir zum Schluss wohlmöglich noch zugeschaut. Bevor aber Scham in mir aufsteigen konnte, ergriff Maria auch schon das Wort: „Also, wie ich sehe, hat euch das Ausprobieren der Dildos Freude bereitet!"
Alle antworteten mit einem Nicken.
Maria grinste breit und fuhr dann fort: „Wir stehen nun für Fragen bereit, und natürlich könnt ihr euch die Dildos und Vibratoren noch einmal anschauen! Und kaufen könnt ihr sie natürlich auch! Wir haben von jedem Dildo und Vibrator genügend Exemplare dabei!"
Einige standen sofort auf, um sich die Dildos nochmal anzuschauen. Ich aber war total erschöpft und blieb erstmal auf dem Sofa sitzen.
Kurze Zeit später ließ sich Mia neben mich plumpsen. In der einen Hand hielt sie den G-Spot Vibe One, den sie grad gekauft hatte.
„Willst du dir den Vibrator etwa nicht kaufen?", fragte sie mich.
„Ich weiß nicht so recht. Ich allein würde ihn nicht benutzen und zusammen mit meinem Mann? Niemals!", rief ich entrüstet aus.
Mia legte mir ihre rechte Hand auf meinen Oberschenkel und schaute mir tief in die Augen. „Britta, du musst ihn nicht allein oder mit deinem Mann benutzen. Ich vertraue dir jetzt mal etwas an." Sie schaute sich kurz im Raum um, um sicher zu gehen, dass sie keiner hören konnte, dann sprach sie weiter: „Also, Silke und ich treffen uns hin und wieder, um uns gegenseitig zu befriedigen. Das hat nichts damit

zu tun, dass wir lesbisch sind, wir lieben uns nicht, oder so. Es ist nur etwas ganz anderes, Sex mit einer Frau zu haben als mit einem Mann. Es ist etwas Besonderes. Es ist tiefer und erfüllender. Und ich habe gemerkt, dass es dir Spaß gemacht hat, meine Brüste zu liebkosen." Mia stoppte und wartete auf eine Reaktion von mir.
Röte stieg in mein Gesicht.
„Du bietest mir also an, regelmäßig mit dir Sex zu haben? Oder vielleicht sogar mit euch beiden?" Ich schaute sie verwundert an.
„Ja, genau das tue ich. Du musst mir jetzt nicht antworten. Überlege es dir." Mia klatschte mir aufs Knie und stand auf.
Ich war total verwirrt. Das musste ich erst einmal verdauen, sowie überhaupt den ganzen heutigen Abend, der sich langsam dem Ende zuneigte. Ich musste mich langsam mal entscheiden, ob ich mir den Vibrator nun kaufen sollte oder nicht. Alle schienen einen Dildo oder Vibrator gekauft zu haben, außer mir. Also gab ich mir einen Ruck, ging zum Dildotisch und kaufte mir den Vibrator mit dem Klitorisarm.
„Dir scheint`s gefallen zu haben, was?", hörte ich dann plötzlich von links.
Ich fühlte mich irgendwie ertappt. Ruckartig drehte ich meinen Kopf herum und schaute in Ullas Gesicht. Sie zwinkerte mir zu.
„Ähm ja." Mehr brachte ich nicht heraus und senkte meinen Blick auf den soeben gekauften Vibrator.
„Muss dir nicht peinlich sein, ich benutze Dildos und Vibratoren regelmäßig."
Lucy mischte sich ins Gespräch ein: „Ich finde mit der Sexualität wird heute immer noch zu verklemmt umgegangen. Und wie man heute wieder feststellen konnte, hatten alle ihren Spaß mit freiem Sex! Maria und ich sind zum Beispiel nicht lesbisch, wir haben nur hin und wieder Sex zusammen. Meistens dann, wenn es neue Dildos und Vibratoren auszuprobieren gibt oder eben auf den Dildopartys."
„Habt ihr beide eigentlich einen Mann?", fragte ich neugierig.
„Maria ja, ich nicht."
„Und wie findet dein Partner das, Maria? Also, dass ihr zusammen Sex habt? Weiß er das überhaupt?" Ich wurde immer neugieriger,

denn das war alles ziemliches Neuland für mich.

„Ja, mein Freund weiß Bescheid und findet es sehr antörnend."

Mir schwirrte der Kopf. Ich hatte das Gefühl von einem anderen Planeten zu kommen.

Kurze Zeit später verabschiedeten wir uns alle von Julia, und Silke, Mia und ich machten uns auf den Weg zurück zu Mias Wohnung, wo ich mein Auto geparkt hatte.

Gleich nachdem wir uns unten vor dem Wohnblock von den anderen verabschiedet hatten, fragte mich Silke: „Na, das war doch mal eine schöne neue Erfahrung für dich, oder?"

Ob ich diese Erfahrung schön fand, wusste ich immer noch nicht so genau. Ohne diese hätte ich auch gut weiterleben können. Allerdings regte sich etwas in mir, dem ich nicht vollständig erlaubte, in mein Bewusstsein zu kommen. Es törnte mich aber scheinbar an, mit Frauen Sex zu haben. „Ja, doch", gab ich daher knapp zurück.

Kurze Zeit später standen wir dann auch schon vor Mias Wohnblock.

„Also, Mädels, wenn ihr noch Lust habt, könnt ihr gern noch mit hochkommen", lud Mia uns ein.

„Au ja, warum nicht! Lass uns noch mit hochgehen!" Silke hakte sich bei mir ein und zog mich mit Richtung Eingangstür.

Eigentlich war es mir schon zu spät, schließlich war es schon 22 Uhr, aber ich leistete keinen Widerstand.

In Mias Wohnung angekommen, machten wir es uns wieder im Wohnzimmer bequem, und Mia stellte ruhige französische Musik an, die leicht erotisch klang. Mir schwante etwas. Und auch schon im nächsten Moment begannen sich Silke und Mia, die beide wieder auf dem Ledersofa Platz genommen hatten, zu knutschen. Manchmal sogen sie an ihren Lippen, dann züngelten sie wieder ausgelassen außerhalb des Mundes.

Ich starrte wie gebannt auf diesen Live-Porno vor mir, in dem sich Mia und Silke nun filmreif ihre Blusen aufknöpften und sich gegenseitig ihre BHs auszogen.

„Komm zu uns rüber, Britta", unterbrach Mia dann plötzlich flüsternd die erotischen Szene.

Diesmal zögerte ich nicht, und Silke und Mia rückten etwas auseinander, so dass ich mich in die Mitte vom Sofa setzen konnte.
Sofort konzentrierte ich mich auf Silkes große Brüste und hatte das starke Bedürfnis sie anzufassen.
Silke schien erneut meine Gedanken zu lesen. Sie nahm meine Hand und führte sie zu einer ihrer Busen. Langsam begann ich sie zu kneten und nahm noch die andere Hand dazu, um ihre andere Brust ebenfalls zu massieren. Es war ein unbeschreiblich erregendes Gefühl für mich, so große Frauenbusen in meinen Händen zu spüren.
Dann streckte mir Silke ihren Kopf entgegen und wir begannen uns wild zu knutschen. Doch kurze Zeit später hielt sie schon wieder inne und drehte meinen Kopf in Mias Richtung, mit der ich mich dann ebenso ausgelassen küsste. Mias Brüste waren zwar nicht so groß wie Silkes, aber ihre Brustwarzen waren schön dick und hart. Vorsichtig züngelte ich an ihnen, dann wurde ich forscher und begann an ihnen zu lutschen. Mia schien es zu gefallen, denn ihr Seufzen und Stöhnen wurde immer lauter.
Silke hatte sich währenddessen komplett ausgezogen und stellte sich nun so vor Mia und mich hin, dass wir ihre Vagina genau auf Augenhöhe hatten. Ihr Venushügel war nur von einem schmalen Haarstreifen überzogen, und man konnte ihren Kitzler zwischen ihren Schamlippen hervorstehen sehen.
Ohne zu zögern, beugte sich Mia nach vorn und züngelte an ihm.
Silke jauchzte sofort auf.
Während Mia nun ausgiebig an Silkes Schamlippen leckte und ihre Zunge immer wieder in ihrer Muschi verschwinden ließ, legte ich Stück für Stück meine Kleidungsstücke ab, ohne Mia und Silke aus den Augen zu lassen.
Auf einmal stoppte Mia ihre Liebkosungen und wandte sich mir zu: „Schätzchen, hol` mal den neuen Vibrator, der liegt da vorn auf dem Flurschrank." Dann widmete sie sich wieder Silkes Vulva. Dabei hielt sie sich an Silkes Pobacken fest, um ihre Zunge mit mehr Druck in Silkes Möse stoßen zu können.
Ich riss mich von dem hocherregenden Anblick los und beeilte mich,

den Vibrator zu holen. Schnell packte ich ihn im Flur aus und flitzte dann wieder zurück zum Sofa. Hier nahm mir Mia den Vibrator aus der Hand und ließ ihn kurz mit der knubbeligen Spitze zwischen Silkes Schamlippen kreisen, bevor sie ihn komplett einführte.

„Mach`s mir ohne Vibration", kam es dann sofort hechelnd über Silkes Lippen.

Daraufhin bewegte Mia den Vibrator in einem langsamen Stoßrhythmus, wobei sie ihn nie ganz aus ihrer Vagina zog.

Mein Blick wanderte wieder zu Silkes Brüsten. Ich konnte ihnen einfach nicht widerstehen und knetete sie erneut vorsichtig, indem ich mich neben Silke stellte. Dann quetschte ich eine Brust leicht in meine Richtung, um genüsslich an der Brustwarze zu saugen.

Silkes Stöhnen wurde dabei lauter, und Mia nahm das zum Anlass, um den Stoßrhythmus zu beschleunigen, woraufhin Silke ihren Kopf voller Ekstase nach hinten warf. Ihr Körper war nun vollkommen angespannt und straff und immer wieder drang ein keuchendes „Ja, ja" aus ihrer Kehle, bis sich ihre Anspannung schließlich beim Orgasmus entlud. Dabei zuckte und zitterte ihr Körper für einige Sekunden. Dann sackte sie leicht in sich zusammen und ließ sie sich aufs Sofa plumpsen.

„Nun bist du dran." Mia schaute zu mir auf. „Komm` näher, ich bin heute scharf auf Muschi lecken."

Ich war mir nicht sicher, ob ich das wollte und erwiderte, um Zeit zu gewinnen: „Und was ist mit dir?"

„Ich kann danach. Erstmal will ich dich so richtig ausgelassen lecken."

Und schon fühlte ich Mias Zunge an meinen feuchten Schamlippen.

„Hm, dein Saft schmeckt gut", hörte ich Mia dann zwischen meinen Beinen säuseln. Sie umspielte jetzt mit ihrer Zunge meine Klitoris und sog dann zart an ihr.

Das brachte mich sofort um den Verstand, reichte mir aber nicht, denn ich wollte Mias Zunge in mir spüren und bettelte: „Steck sie rein, bitte!"

„Hey, nicht so ungeduldig, Madame, ich mach` ja schon!"

Und schon spürte ich Mias zitternde Zunge in meiner Scheide.

Das erregte mich so sehr, dass ich an die Decke hätte gehen können! Mein Mann befriedigte mich nie oral. Wir hatten ehrlich gesagt auch nie über unsere Vorlieben gesprochen. Aber mir war jetzt klar, dass ich scheinbar ein Faible dafür hatte.

„Silke, kannst du mal eben den Penisgurt holen? Du weißt ja, wo er ist", hörte ich dann ganz benommen Mia zwischen meinen Beinen sagen.

Als Silke mit dem Penisgurt zurückkam, forderte Mia mich auf, in den Vierfüßlerstand zu gehen. Dann eröffnete sie mir: „Silke wird dich jetzt so richtig schön mit dem Penisgurt durchnehmen, die kann das besser als ich. Die war in ihrem vorherigen Leben bestimmt ein Mann! Einfach ein Naturtalent!" Mia lachte kurz auf.

Ich hockte mich also hin und spürte dann auch schon, wie Silke mit ihren Händen von hinten meine Hüften umfasste und langsam den Dildo zwischen meine Schamlippen und in meine Vagina schob.

Ich stöhnte kurz auf, vor allem weil der am Dildo befestigte Klitorisarm nun stark meinen Kitzler stimulierte. Beim zweiten Stoß war ich schon wie in Trance.

„Willst du`s schneller oder härter oder beides, Baby?", fragte mich Silke hinter mir.

„Egal!", konnte ich nur keuchen. Hauptsache, es hörte nicht auf.

Daraufhin stieß Silke den Dildo immer schneller werdend in meinen nassen Schlitz. Genau das hatte ich in diesem Moment gebraucht! Ich musste endlich mal wieder so richtig hart gebumst werden! Mit meinem Mann hatte ich bestimmt schon seit 3 Monaten nicht mehr geschlafen.

Zwischenzeitlich hatte Mia ihren Kopf unter meine Brüste gelegt, um an meinen Brustwarzen zu lutschen. Das erregte mich so sehr, dass sich all meine Zurückhaltung löste und ich in voller Ekstase stöhnte: „Ja, gib`s mir!"

Im selben Moment spürte ich, wie Silke noch einmal ihre Stöße verstärkte. Dabei klatschte sie mir immer wieder auf meinen Hintern und spornte mich mit einem wiederholenden „Komm, Baby, komm!" an. Nur wenige Sekunden später kam ich dann wie ein Vulkan.

Ich stöhnte so ausgelassen, wie ich wohl noch nie gestöhnt hatte. Der Orgasmus schien einfach nicht enden zu wollen.

Ein paar Sekunden später sank ich dann auf den Boden, ich war total erschöpft.

Als ich langsam wieder in die Realität zurückkam, musste ich über den Anblick, der sich mir nun bot, schmunzeln. Ich lag nackt mitten im Wohnzimmer meiner Kollegin Mia. Diese saß oberkörperfrei auf ihrem Sofa, und gegenüber im Sessel saß Silke, ebenfalls nackt, und lächelte zu mir herüber.

Mia erhob als erste das Wort und bot uns an, bei ihr zu duschen.

Doch Silke und ich verneinten dankend. So zogen wir uns wieder an und setzten uns noch gemütlich zusammen, um den restlichen Sekt zu trinken und ein bisschen über unsere Arbeit, unsere Kollegen, Familie und Freunde zu plaudern. Kaum zu glauben, dass wir eben noch zusammen Sex gehabt hatten, zumal ich Silke vorher ja gar nicht gekannt hatte.

Bevor Silke und ich schließlich um halb eins aufbrachen, teilte mir Mia noch unverblümt und offen mit: „So, Britta, jetzt bist du eingeweiht!" Wenn du es mal wieder nötig hast, weißt du ja, an wen du dich wenden kannst." Sie strahlte.

Irgendwie war ich nun vollkommen locker und antwortete ganz natürlich: „Ja, gern!"

Dann verabschiedeten wir uns.

Von diesem Tag an war ich regelmäßig bei Mia, meistens einmal die Woche. Mal war Silke dabei, mal nicht. Wir probierten dann verschiedene Stellungen und Dildos aus, und mir gefiel es. Zudem machte mich der ungenierte Sex im Alltag ausgelassener, und auch der Sex mit meinem Mann kam wieder in Schwung. Das lag daran, dass ich mir im Bett nun mehr zutraute und gieriger wurde. Meinem Ehemann gefiel das natürlich. Gott sei Dank hat er mich bisher nie gefragt, warum ich mich so gewandelt habe...

3. Der Schwestern-Beglücker

Timo war um 17 Uhr mit Steffi verabredet und hatte Glück. Normalerweise schlich er mit seinem Auto minutenlang durch die Nebenstraßen, um einen Parkplatz zu finden. Doch heute ergatterte er direkt vor Steffis Wohnblock einen Parkplatz.
Obwohl er nun überpünktlich war, nahm er im Treppenhaus routinemäßig zwei Stufen auf einmal, bis er vor Steffis Wohnung im 3. Stock stand. Leicht außer Atem klingelte er.
Als ihm Hanna, Steffis jüngere Schwester, die Tür öffnete, war Timo etwas verwirrt. Zwar wohnte Hanna schon seit ungefähr einem Jahr bei Steffi, da sie es bei ihren Eltern nicht mehr ausgehalten hatte, aber in der Regel machte Steffi ihm die Tür auf. Außerdem fiel ihm zum ersten Mal auf, wie hübsch Hanna war. Er fragte sich, wie ihm das in den vergangenen 3 Jahren entgangen sein konnte? Vielleicht lag es daran, dass Hanna vor 3 Jahren noch ein Teenie im Alter von 15 Jahren gewesen war und er damals im Alter von 25 Jahren kein Interesse an kindlichen, verspielten Mädchen gehabt hatte. Nun war Hanna aber vor einem halben Jahr 18 geworden und dies schien sich auch in ihrem Äußeren widerzuspiegeln. Aus ihr war eine bildschöne junge Dame geworden. Ihre braunen, krausen Locken umrahmten ihr zartes, blasses Gesicht, aus dem ihn stechendblaue Augen fragend anschauten.
Timo musste sich kurz wieder fassen und räusperte sich, bevor er sie begrüßte: „Hey Hanna! Schön dich zu sehen! Ist Steffi da?"
Zart und leise antwortete Hanna ihm: „Nein, sie ist noch mit Merle unterwegs, müsste aber gleich kommen."
Timos Blick glitt über Hannas Körper. Sie trug ein lockeres Spaghetti-Top, das sich auf Brusthöhe ganz leicht spitz abhob. Timo stand zwar auf pralle Brüste, so wie Steffi sie hatte, aber der Gedanke an Hannas kleine Brüste erregte ihn plötzlich.
Hanna bemerkte Timos musternde Blicke und fühlte sich unwohl. Schnell drehte sie sich um und bog links in ihr Zimmer.

Timo starrte ihr wie gebannt hinterher und blieb an ihrem kleinen Knackarsch hängen, der in einer engen Jeans-Hot-Pants steckte. Erst, als Hanna in ihrem Zimmer verschwunden war, fand er wieder zurück in die Realität, trat in die Wohnung ein und schloss die Haustür hinter sich. Dann lehnte er sich lässig mit einem Arm an den Türrahmen zu Hannas Zimmer, während er seine andere Hand in die Hüfte stemmte.

Hanna saß wieder an ihrem Schreibtisch, wo sie für das Abitur paukte. Sie blickte kurz hoch und hatte das Gefühl, Timo würde sie mit seinem Blick ausziehen. Ihr war es unangenehm und peinlich, dass der Freund ihrer Schwester sie so ansah. Hatte er das schon vorher getan? War es ihr bisher nur nicht aufgefallen? Oder lag es daran, dass sie so kurze Sachen trug? Erregte ihn das?

Hanna war ein Spätzünder, was Männer anging und hatte im Gegensatz zu ihren Freundinnen und Schulkolleginnen bisher wenig Erfahrung mit Jungs gesammelt. Viele ihrer Freundinnen hatten schon mit 15 oder 16 ihren ersten Freund gehabt, mit denen sie auch geschlafen hatten. Hanna war zwar auch mit zwei Jungs gegangen, aber da war nie etwas gelaufen, außer ein bisschen Geknutsche. An ihrem 18. Geburtstag war sie dann mit Sven zusammengekommen, ihrer ersten großen Liebe. Sven hatte sie ziemlich unwirsch entjungfert. Anstatt vorsichtig in sie einzudringen, hatte er kräftig zugestoßen, was Hanna ziemlich wehgetan hatte. Und dann wollte er ständig ausgefallene Sachen mit ihr im Bett machen, für die Hanna noch gar nicht bereit gewesen war. Sie sollte zum Beispiel fast jedes Mal Striptease vor ihm machen, obwohl sie mit ihrem Körper gar nicht zufrieden war. Sven lag dabei immer nackt auf dem Bett und hatte dabei seinen Penis massiert. Wenn er bereit war, sollte sie sich auf ihn setzen und ihn ganz schnell reiten. Es hatte, Gott sei Dank, nie lange gedauert, bis er gekommen war. Oder er hatte ihr, während sie auf dem Rücken lag, in den Mund gevögelt. Hanna musste dabei jedes Mal versuchen, ein Würgen zu unterdrücken. Entweder spritze er dann in ihren Mund oder ihn ihr Gesicht ab. Hanna hatte all das mitgemacht, weil sie Sven nicht verlieren wollte, da er der Erste gewesen war, für den sie so

stark empfunden hatte. Aber gefallen hatte ihr der Sex mit Sven nie, und zum Orgasmus war sie dabei erst recht nie gekommen. Sven hatte immer nur seine Befriedigung gewollt und war nie zärtlich auf ihre Wünsche eingegangen. Vor drei Monaten hatte er dann schließlich mit ihr Schluss gemacht hatte, weil Hanna keinen Analsex mit ihm machen wollte. Zuerst war Hanna sehr verletzt und gekränkt gewesen, mittlerweile aber war sie über Sven hinweg und froh, dass sie nicht mehr mit ihm zusammen war.
Timo unterbrach ihre Gedanken: „Hat Steffi gesagt, wann sie zurückkommt?"
„Äh, nein, gar nichts", entgegnete Hanna, ohne von ihrem Heft aufzublicken.
„Paukst du grad fürs Abitur?"
Hanna antwortete mit einem kurzen Nicken.
„Was hast du denn für Leistungskurse?" Timo näherte sich Hanna und blickte ihr über die Schulter.
Hanna spürte seine Nähe und bekam eine Gänsehaut.
„Ähm, Englisch und Bio", entgegnete sie knapp.
Timo beugte sich etwas hinunter, bis sich sein Gesicht rechts neben ihrer Lockenpracht befand, damit er in ihr Heft schauen konnte.
Hannas Herz fing zu pochen an.
„Was steht da? X-Chromosomen teilen sich? Was ist denn das?" Timo hockte sich nun neben Hanna und stützte seinen Kopf mit seinem rechten braungebrannten, muskulösen Arm auf dem Schreibtisch ab, um noch besser in ihr Heft schauen zu können.
Hanna musterte Timo von der Seite. Er trug ein enges schwarzes T-Shirt, so dass man seinen durchtrainierten Oberkörper darunter gut erahnen konnte. Und auf dem Unterarm, auf dem er seinen Kopf abstützte, zog sich ein langes, schnörkeliges Drachentatoo bis hoch zu seinem Oberarm. Hanna fand das irgendwie sexy.
Timo redete weiter, ohne Hanna zu beachten, obwohl er ganz genau mitbekommen hatte, dass sie ihn von der Seite musterte:
„Ich verstehe nur Bahnhof. Hab`s halt nur bis zur Hauptschule geschafft, aber dafür bin ich jetzt mit 28 auch schon Tischlermeister!"

Timo grinste und zwinkerte Hanna zu. Dann erhob er sich wieder und setzte sich hinter sie auf ihr Bett.

Hanna konnte sich nun nicht mehr aufs Lernen konzentrieren, denn offensichtlich wollte Timo ihre Aufmerksamkeit. Daher drehte sie sich mit ihrem Stuhl zu ihm um, ohne zu wissen, was sie eigentlich mit ihm reden sollte.

Doch das war erst einmal nebensächlich, denn ihre Blicken trafen sich sofort wie Feuer. Beide wirkten wie gelähmt, keiner sagte etwas, aber in der Luft knisterte es heftig.

Hanna hielt das nicht aus. Sie stand auf, ging zum Fenster und öffnete es. Dabei plapperte sie: „Puh, ist das stickig hier drin, findest du nicht? Kein Wunder, dass ich mich nicht konzentrieren kann."

Timo antwortete nicht. Zu angetan war er von Hannas Erscheinung, die ihn einfach nur heiß machte und folgte ihr mit seinem Blick. Erst blieb er wieder an ihrem Po kleben, der sich leicht von links nach rechts bewegte. Dann, als sich Hanna wieder umdrehte, fiel sein Blick auf ihre spitzen Brüste. Er stellte sich vor, wie sie wohl aussehen mochten und bemerkte, wie er einen Ständer bekam, der nun an seine Jeans drückte. Am liebsten hätte er Hanna einfach zu sich gezogen und ihr das Top vom Körper gerissen, um ihre Busen zu liebkosen. Bei dem Gedanken daran stieg seine Erregung ins Unermessliche. Er spürte seinen Puls im ganzen Körper und träumte weiter, wie er ihr die Hot-Pants ausziehen würde, um nach ihrem nackten Po zu grabschen. Und dann würde er sie einfach auf ihr Bett werfen und Sex mit ihr haben.

„Nein! Stopp! So geht es nicht weiter! Timo, das ist die Schwester deiner Freundin!", ermahnte er sich in Gedanken selbst.

Um wieder Herr seiner Sinne zu werden, sprang er abrupt auf und antwortete Hanna mit etwas Verzögerung: „Nö, geht so. Aber was trinken könnte ich. Ich hol` mir mal ein Glas Wasser. Willst du auch eins?"

Hanna nickte.

In der Küche schüttelte Timo erst einmal seinen Kopf und schlug sich anschließend kaltes Wasser ins Gesicht. Dann schenkte er sich und

Hanna jeweils ein Glas Wasser ein und ging mit den Gläsern zurück in Hannas Zimmer.

Dort stand Hanna nun zwischen ihrem Bett und ihrem Schreibtisch und nahm von Timo das Glas Wasser entgegen.

Timo blieb dicht vor Hanna stehen und ergriff sofort das Wort: „Hanna, ich muss sagen, du hast dich echt gemausert. Du bist wirklich eine attraktive junge Dame geworden!"

Hanna war das peinlich. Sie senkte ihren Blick und wurde rot. Dabei quetschte sie ein leises, unsicheres „Danke" heraus.

„Das muss dir nicht unangenehm sein. Du musst dich echt nicht verstecken", erwiderte Timo daraufhin aufmunternd.

Hanna hob ihren Blick wieder und wirkte dabei so unschuldig und schüchtern, dass Timo sie am liebsten an sich gedrückt hätte.

Er wusste, dass Hanna mit diesem Sven zusammen gewesen war. Mit Sicherheit hatte er sie auch entjungfert. Oder hatte sie schon vorher mit einem Jungen geschlafen? Zu gern hätte er gewusst, was für sexuelle Erfahrungen sie schon gemacht hatte. Mit Steffi hatte er nie darüber gesprochen. Also fragte Timo Hanna jetzt einfach selbst: „Du warst doch mit diesem Sven zusammen, oder?"

„Ja, wieso?" Hanna schaute ihn mit weitgeöffneten Augen fragend an.

„Naja, wieso seid ihr denn jetzt nicht mehr zusammen?"

„Ach, das hat halt nicht gepasst..." Hanna blickte zur Seite.

„Hattest du Sex mit ihm?" Timo musste es jetzt wissen.

Hannas Kopf schnellte wieder zurück. Sie guckte Timo völlig entgeistert an und fragte etwas schnippisch: „Was geht dich das an?"

„Ich frag mich halt nur grad, was für sexuelle Erfahrungen du bereits gemacht hast."

„Ja, ich habe mit ihm geschlafen, aber das war alles andere als schön!" Hanna wirkte wütend, ging zurück zu ihrem Schreibtisch und klappte leicht aggressiv die Bücher zusammen.

„Ups, das ist wohl ein wunder Punkt bei dir, was?"

Hanna antwortete mit einem Achselzucken.

Und dann schoss es aus Timo heraus: „Ich finde dich sehr begehrens-

wert, Hanna."
Was hatte er ihr grad gesagt? Oh Mann, seine Libido ging nun vollends mit ihm durch! Dies hier war die Schwester seiner Freundin, verdammt nochmal! Was war bloß in ihn gefahren? Er liebte Steffi! Wie konnte er nur sowas zu Hanna sagen!
„Du bist aber mit Steffi zusammen", erwiderte Hanna dann auch gleich nüchtern.
Timo wusste nicht, wie er Hannas Aussage deuten sollte. Würde Hanna etwa was von ihm wollen, wenn er nicht mit Steffi zusammen wäre? Außerdem musste er sich beherrschen, nicht dauernd Hannas Figur zu begutachten. Aber er spürte eine ungeheure Lust auf sie und ihren zarten schlanken Körper, auf ihre Apfelbrüste und ihren kleinen Hintern. Brauchte er nun nach drei Jahren Beziehung mit Steffi etwa genau das Gegenteil? Steffi hatte weibliche Rundungen, einen pralleren Po und dicke Brüste, worauf Timo eigentlich immer gestanden hatte. Aber nun merkte er, dass er Lust auf Hannas Körper hatte, als ob er dies jahrelang vermisst hatte und dieses Verlangen nun mit voller Wucht zum Vorschein kam. Aber er musste sich beherrschen, das wusste er.
Um wieder zu sich zu kommen, raufte sich Timo mit einer Hand die Haare, grinste, seufzte und blickte dabei zu Boden.
„Es tut mir Leid, Hanna, dass ich sowas gesagt habe. Du hast Recht, ich bin mit Steffi zusammen."
Eigentlich wollte Timo sofort auf dem Absatz kehrt machen und Hannas Zimmer verlassen, doch er war bewegungsunfähig. Wie hypnotisiert schaute er direkt in Hannas Engelsgesicht. Ihre Blicken trafen sich erneut, und nach einigen Sekunden des Schweigens, die beiden wie eine Ewigkeit vorkamen, streckte Timo nur ganz leicht sein Gesicht nach vorn, und er hatte das Gefühl, Hanna würde ihr Gesicht ihm genauso entgegenstrecken. Oder bildete er sich das nur ein? Doch dann berührten sich ihr Lippen ganz zart und weich, und es entfachte ein Feuerwerk in beiden, wie sie es zuvor noch nicht erlebt hatten.
Nachdem die ersten Lichtblitze vergangen waren und sie ihre Lippen

fester aufeinander gepresst hatten, wurde Timo fordernder. Vorsichtig und sanft schob er seine Zunge nach vorn, bis er Hannas Zunge berührte. Hanna ging darauf ein, und während sie zärtlich züngelten, legte Timo seine Hand auf Hannas Rücken und streichelte sie liebevoll. Dann glitt er langsam mit seiner Hand hinunter zu ihrem Po und verstärkte seinen Griff etwas.

In diesem Moment hörten sie Steffis Stimme im Treppenhaus und daraufhin gleich das Geräusch des Schlüssels im Türschloss.

Sofort ließen Timo und Hanna voneinander ab. Intuitiv drehte Timo Hanna den Rücken zu und begab sich in den Flur.

Steffi trat nun telefonierend in die Wohnung.

„So, Merle, ich bin jetzt zu Haus und mein Schatz ist schon da." Sie blickte lächelnd zu Timo hoch und gab ihm einen Kuss. „OK, wir hören uns dann! Tschau!" Steffi drückte Merle weg und begrüßte Timo: „Hey Schatz, du bist ja schon da! Ich dachte, du kurvst bestimmt noch in der Nachbarschaft rum, um einen Parkplatz zu finden."

„Ne, diesmal hatte ich echt Glück. Hast du meinen Wagen nicht direkt vor der Tür gesehen?"

„Ne, hab` ich nicht drauf geachtet." Steffi ging in ihr Zimmer und schmiss ihre Handtasche neben ihr Bett. Dann drehte sie sich zu Timo um, der ihr ins Zimmer gefolgt war.

„Und? Was machen wir beiden Schönen denn heut` noch?" Freudig grinste Steffi ihn an.

„Ähm, ich wollt fast schon gehen. Ich dachte, du hast mich versetzt, und ich würde gern noch das schöne Wetter draußen genießen."

„Also, ich weiß was Besseres!" Steffis Augen blitzten Timo verführerisch an. Dann fuhr sie mit ihren Händen und mit leichtem Druck jeweils links und rechts an Timos Armen hoch und an seiner gestählten Brust wieder herunter, bis sie an seinem besten Stück angekommen war und es kräftig durch seine Jeans massierte. Timos Penis war durch die Erregung, die ihm Hanna beschert hatte, immer noch steif.

„Oh la la, da ist ja jemand geil! Das glaubst du doch wohl selbst nicht, dass du jetzt raus willst, Schätzchen!"

Steffi hatte Recht. Er war spitz und musste seinen Druck ablassen.

Aber konnte er jetzt hier sofort mit Steffi Sex haben, obwohl er eben noch Hanna gestanden hatte, dass er auf sie stand? Doch Timo hatte keine Entscheidungsfreiheit, denn schon drückte Steffi mit beiden Händen gegen seinen Bauch und dirigierte ihn Richtung Bett.

Als sie dort angekommen waren, ließ sich Timo auf seinen Hintern fallen und flüsterte Steffi zu: „Hey, Moment, wie wär`s, wenn wir deine Zimmertür vorher schließen?" Er wollte nicht, dass Hanna nebenan etwas hörte, denn sie hatte ihre Zimmertür ebenfalls offen stehen.

Steffi hatte schon Anstalten gemacht, sich auf ihn zu setzen, hielt dann aber inne und schaute Timo mit großen Augen an.

„Ups, seit wann bist du denn so bieder? Wenn`s Hanna stört, kann sie doch ihre Tür zu machen!" Somit setzte sich Steffi breitbeinig auf Timo und begann sein T-Shirt hochzuziehen.

Timo ließ aber nicht locker: „Mach doch bitte die Tür zu!"

„Oh Mann, na gut."

Steffi stand auf, stampfte ein paar Schritte zur gegenüberliegenden Tür und schlug sie laut zu.

„So, nun zufrieden? Mein kleines Schwesterchen wird eh mein lautes Gestöhne hören, während du mein zartes Möschen schön durchvögelst." Steffi kicherte, näherte sich Timo wieder und stellte sich breitbeinig über seine Oberschenkel.

Unweigerlich musste Timo auf ihre prallen Brüste schauen, die sich unter ihrem enganliegenden, knallgelben T-Shirt abzeichneten. Ja, er würde sie, wie immer, kräftig und hart durchvögeln, so wie Steffi es am liebsten mochte. Dabei würden ihre dicken Brüste hüpfen und springen, und er würde versuchen, mit seiner Zunge ihre Brustwarzen zu erhaschen oder ihre Brüste fest massieren. Er gab zu, dass ihn der Gedanke daran ebenso heiß machte wie der zarte Sex mit Hanna.

„Zieh` dein T-Shirt aus, du sexgeiles Luder!", befahl er Steffi dann auch schon ohne Umschweife und grapschte mit beiden Händen in ihre Pobacken, die in einer engen Röhrenjeans steckten.

Das ließ sich Steffi nicht noch ein weiteres Mal sagen. Sie setzte sich auf Timos Beine und zog sich mit einem Griff das T-Shirt über den

Kopf. Dann öffnete sie gekonnt ihren BH und ließ diesen zu Boden fallen. Zum Vorschein kam zwei dicke Brüste der Körbchengröße D mit großem Brustwarzenvorhof und langen geschwollenen Brustwarzen.
Timo törnte der Anblick der schweren Brüste vor seiner Nase ziemlich an.
„Was würdest du bloß ohne meine Titten machen, was?!", lachte Steffi. Sie wusste, dass Timo auf ihre Busen stand und nahm ihre rechte Brust in ihre Hand und führte die Brustwarze an Timos Mund. Der streckte seine Zunge sofort heraus und züngelte zuckend an ihr.
„Ja, saug an ihr!", jauchzte Steffi auf.
Timo nahm daraufhin beide Brüste in seine Hände und drückte sie so zusammen, dass er bequem abwechselnd an der linken und rechten Brust saugen und lecken konnte. Er wusste, dass er Steffi damit verdammt heiß machen konnte.
Und so war es auch, denn nun begann Steffi ihr Becken kreisend in seinen Schoß zu drücken und ihren Kopf nach hinten zu werfen.
„Ja, Baby, fick mich jetzt!"
Das war das Zeichen für Timo. Er hob Steffi etwas am Becken hoch, damit sie aufstand, und öffnete dann ihre Jeans, um sie auszuziehen. Steffi half nach, denn die Röhrenjeans lag eng und stretchig an ihrem Po. Den Tanga-Slip streifte Timo ihr dann ab. Nun konnte er ihre vor Feuchtigkeit glitzernden Schamlippen erblicken. Langsam strich er mit zwei Fingern zwischen den Schamlippen hindurch und leckte sich danach die Finger ab. Dann umfasste er fest ihre Pobacken und begann ihren Kitzler mit seiner Zunge zu umspielen.
Steffi stöhnte auf und krallte sich in Timos kurze, schwarze Haare, und als er dann an ihren Schamlippen leckte und saugte und anschließend seine Zunge in ihrer Möse verschwinden ließ, war Steffi nicht mehr zu bremsen. „Fick mich endlich!", platzte es nur so aus ihr heraus.
Daraufhin stand Timo auf, zog sich sein T-Shirt über den Kopf und fragte sie scherzhaft, während er seine Hose öffnete : „Bist du sicher, dass du bereit bist für meinen dicken Schwanz, Baby?"

Steffi nickte wild und konnte es kaum erwarten, seine harte Latte in sich zu spüren.

Also entledigte sich Timo noch schnell seiner Hose und stand dann endlich nackt und mit steil nach oben gerichtetem Glied vor ihr.

Steffi liebte Timos Schwanz. Er war der Erste, der sie so richtig befriedigen konnte. Bei Timo kam sie immer schnell zum Orgasmus. Sein Schwanz war zwar normal lang, aber Steffi wusste, dass es an seiner Breite lag. Ihre Scheidenwände wurden dadurch immer so richtig schön intensiv massiert. Bei dem Gedanken daran, konnte sie es jetzt kaum abwarten, dass er in sie eindrang.

„Fick mich von hinten!", befahl sie ihm daher, kroch auf ihr Bett und streckte Timo ihren nackten Hintern entgegen.

Hanna hatte alles mitbekommen. Sie saß zwar wieder an ihrem Schreibtisch, konnte sich aber überhaupt nicht aufs Lernen konzentrieren. Zu Vieles ging ihr durch den Kopf. Außerdem lenkten sie Timos und Steffis Gespräche und das Gestöhne ihrer Schwester ab. Hanna fand, dass ihre Schwester sexbesessen war. Eigentlich hatten sie und Timo jedes Mal Sex, wenn er da war. Steffi fiel jedes Mal regelrecht über Timo her. Und dann schien es Steffi egal zu sein, ob die Tür dabei offen stand. Hanna machte schon immer vorsorglich ihre Zimmertür zu, wenn Timo kam. Sie erinnerte sich, wie sie einmal spät nach Hause kam und die beiden beim Sex auf dem Küchentisch erwischte. Sie konnte gar nicht anders, als nicht dahinzugucken, denn beim Hineinkommen in die Wohnung blickt man unvermeidlich in die gegenüberliegende Küche und auf den Tisch. Hanna weiß bis heute nicht, ob die beiden sie in ihrer Ekstase nicht bemerkt hatten oder ihnen das egal gewesen war. Jedenfalls war Hanna gleich in ihrem Zimmer links um die Ecke verschwunden.

Und nun hatte sie Timo heute geküsst! Warum hatte sie das bloß getan? Fand sie ihn etwa plötzlich attraktiv? Als er so neben ihr am Schreibtisch gehockt hatte, hatte ihr Herz stark zu pochen begonnen. Und dann sein Duft! Und seine durchtrainierten, kräftigen Arme! Timo war nicht so ein Weichei wie Sven. Warum hatte sie sich bloß von ihm so demütigen lassen? Timo würde das nie tun! Oder etwa doch? Was wusste sie denn schon von ihm, außer, dass er ständig Steffi bumsen musste? Aber er war vorhin so zärtlich gewesen! Vermisste er das bei Steffi? Hanna hatte das Gefühl, er würde bei ihr anders sein. Er würde sie liebevoll liebkosen und sie sanft streicheln und nicht so gefühlskalt auf dem Küchentisch nehmen. Ach, vielleicht redete sie sich das auch nur ein. Trotzdem war Hanna nun neugierig geworden. Neugierig darauf, wie Timo beim Sex war. Daher schlich sie sich nun so leise wie möglich aus ihrem Zimmer und wendete sich nach links, wo sie direkt vor Steffis Zimmertür stand. Hanna vernahm gerade Steffis obszöne Worte „Fick mich durch", als sie sich bückte und durchs Schlüsselloch spähte. Sie konnte genau aufs Bett blicken, wo Steffi auf allen Vieren kniete und Timo sie mit kräftigen Stößen von hinten nahm, während er sich an Steffis ausladenden Pobacken festhielt. Außerdem hörte sie das rhythmische, matschende Geräusch, welches jedes Mal ertönte, wenn Timo in Steffi eindrang und sein Becken an ihren Hintern klatschte.

Hannas Herz überschlug sich. Angewidert wandte sie sich erst einmal wieder ab, um durchzuatmen. Diese Stellung erinnerte sie stark an Sven, mit dem sie diese auch öfters machen musste, obwohl sie sich dabei immer wie ein Tier vorkam. Trotzdem spürte Hanna gerade Erregung in ihr hochsteigen.

Sie blickte wieder durchs Türschloss und begutachtete Steffis wackelnde, dicke Busen. Sie fragte sich, ob sie auch einmal so große Brüste bekommen würde. Eigentlich lag es nicht in der Familie, ihre Mutter hatte auch normalgroße Brüste, aber vielleicht hatte Steffi ihre Oberweite ja von der väterlichen Seite geerbt.

Hanna war klar, dass die meisten Männer auf große Busen standen, daher hatte sie bei Sven auch Komplexe gehabt, sich nackt vor ihm zu zeigen, vor allem, weil er immer wieder betont hatte, wie schade er es fände, dass sie nur so kleine Brüste hatte. Aber vielleicht waren sie auch einfach noch nicht ausgewachsen.

„Gefällt es dir, du Miststück?" Timos Frage holte Hanna aus ihren Gedanken zurück. Sie blickte wieder durchs Schloss und sah, wie sich

Timo gerade vorbeugte, um links und rechts von Steffis Körper nach ihren Busen zu greifen. Als er sie erwischt hatte, hielt er sich an ihnen fest und massierte und drückte sie kräftig im Rhythmus seiner Stöße.
Zwischen Hannas Beinen fing es zu kribbeln und pochen an, und sie spürte, wie ihr Höschen feucht wurde. Hektisch fummelte Hanna ihre rechte Hand unter ihren Slip und tastete über ihre nassen Schamlippen. Dann schob sie ihren Zeige- und Mittelfinger in ihre Vagina und schloss dabei die Augen. Wie gern wäre sie jetzt an Steffis Stelle gewesen und stellte sich vor, wie Timo sie von hinten nehmen würde. Hanna musste sich beherrschen dabei nicht aufzustöhnen.
Nachdem sie ihre Finger ein paar Mal in ihre Scheide hinein- und hinaus hatte gleiten lassen, öffnete sie ihre Augen wieder und blickte direkt auf Timos steifen Schwanz. Hanna erschrak kurz, war dann aber eher fasziniert von seinem breiten, kräftigen Penis. Sven hatte einen viel kleineren gehabt.
Steffi und Timo waren gerade dabei die Stellung zu wechseln. Timo setzte sich so aufs Bett, dass er mit seinem Rücken an der Wand lehnte. Sofort bestieg Steffi Timo und ließ seine Latte langsam in ihre Vagina gleiten. Als Timos Schwanz vollständig in ihr versunken war, stöhnte Steffi laut auf und warf ihren braunen Lockenkopf zurück. Dann ritt sie Timo in einem schnellen Rhythmus. Timo versuchte dabei immer wieder Steffis große Brustwarzen mit seiner Zunge zu erhaschen.
Steffi schien die Stellung nicht so zu gefallen. Sie stieg wieder von Timo ab, legte sich auf ihren Rücken und stellte ihre Beine breitbeinig auf, so dass Timo direkt zwischen ihre Beine auf ihre Möse blicken konnte.
„Komm, nimm mich", hauchte sie ihm zu. „Mein feuchtes Möschen will von dir gebumst werden!" Dabei griff sie mit beiden Händen zwischen ihre Beine und zog ihre Schamlippen etwas auseinander. „Komm her und gibt's mir!", schob sie dann noch nach.
Hanna war über die sexuelle Offenheit ihrer Schwester erstaunt. Sie beobachtete, wie Timo zu Steffi krabbelte und sein Kopf zwischen Steffis Beinen verschwand. Anhand der Kopfbewegung vermutete

Hanna, dass er Steffi ausgiebig leckte. Doch plötzlich ließ Timo seinen Kopf wieder hochschnellen, um mit seinem Becken zwischen Steffis Beine zu rücken. Dort drang er langsam in sie ein und verharrte dann.
„Na, wie ist mein Schwanz, Baby? Gefällt`s dir? Willst du mehr?", sprudelte es atemlos aus Timo heraus.
Steffi antwortete mit einem quälenden, langen „Ja" und drückte ihren Unterleib nach oben, um ihn kreisend an Timos Becken zu reiben. Dieser zog sein Glied wieder aus Steffis Möse, um es danach mit einem kräftigen Stoß erneut einzuführen. Dann beschleunigte Timo seinen Rhythmus und zog seinen Penis nach jedem Stoß fast ganz wieder aus Steffis Scheide.
Nun sah Hanna, wie Steffi ihre Beine über Timos Schultern legte, damit er noch tiefer in sie eindringen konnte.
Hanna musste jetzt wirklich stark aufpassen, dass sie nicht anfing zu stöhnen. Sie war kurz vorm Orgasmus und rieb mit ihrer Handfläche wild an ihrem Kitzler auf und ab, während sie Zeige- und Mittelfinger immer schneller werdend in ihre Vagina hinein- und hinausgleiten ließ.
Hanna hatte ihre Augen gerade wieder geschlossen, als Steffi mit einem lauten Aufschrei und anschließendem Gestöhne zum Höhepunkt kam. Hanna erschrak und wäre beinahe an Steffis Zimmertür geknallt. Schnell stand sie auf, tippelte leise zurück in ihr Zimmer und schloss die Tür hinter sich. Dann legte sie sich auf ihr Bett und befriedigte sich weiter, bis auch sie nach ein paar Minuten kam.

Timo hatte eine Ausrede gefunden und war kurz nach dem Sex mit Steffi nach Hause gefahren. Er war viel zu durcheinander gewesen, als dass er bei Steffi hätte bleiben können und so zu tun, als sei alles in Ordnung. Denn nichts war in Ordnung, absolut nichts. Beim Liebesspiel mit Steffi war er zwar abgelenkt gewesen, denn er hatte sich voll und ganz auf seine Geilheit und den Sexakt konzentriert, doch gleich danach waren Schuldgefühle in ihm hochgekommen, denn ihm war sofort wieder bewusst geworden, dass Hanna ja gleich nebenan gewesen war.

Hanna! Der Name gab ihm einen Stich ins Herz. Hatte sie die Tür geschlossen oder hatte sie den Bettgeräuschen gelauscht? Was mochte sie nun über ihn denken? Sicher nichts Gutes, vermutete Timo. Und überhaupt, was empfand er da plötzlich für Hanna? Und was für Steffi? Er hatte Abstand gebraucht und das dringende Bedürfnis gehabt, sofort die Wohnung zu verlassen. Er hatte Steffi vorgegaukelt, er hätte eine Verabredung mit seinem besten Freund Dennis vergessen, der um 20 Uhr bei ihm vorbeikommen wollte. Steffi war nicht gerade begeistert gewesen, hatte sie sich doch gerade an seine starke Brust gekuschelt, aber sie schöpfte scheinbar keinen Verdacht, dass irgendetwas mit ihm nicht stimmte.
Und nun lag er in seinem eigenen Bett und in seinem Kopf kreiste alles um Hanna. Ihm wurde fast schwindelig vor überschlagenden Gedanken und Gefühlen. Wie gern würde er jetzt neben Hanna liegen und ihren nackten, mädchenhaften Körper streicheln. Timo spürte wieder, wie sein Glied anschwoll, und er schämte sich. War er etwa nur heiß auf Hanna? Wollte er sie nur einmal ins Bett kriegen? Oder war da mehr zwischen ihnen beiden? Timo war sich seiner Gefühle nicht sicher. Doch nur einmal mit Hanna zu schlafen, konnte er nicht riskieren, damit würde er nicht nur Hanna verletzen, sondern vor allem auch Steffi. Und was war mit Steffi? Wie sollte er ihr nun entgegentreten? Timo kam mit seinen Grübeleien nicht weiter und schlief schließlich gegen 22 Uhr erschöpft ein.

Schweißgebadet und sich windend wachte Timo gegen 2 Uhr wieder auf. Sein Penis war steinhart, und er erinnerte sich, dass er gerade von Hanna geträumt hatte. Der Traum war so real gewesen! Er hatte ihren Körper spüren können und ihre Lippen auf seinen, die so weich waren! Und dann ihre Küsse auf seiner Haut! Sie hatte ihn überall geküsst: an seinem Hals, seiner Brust und seinem Bauch! Und dann hatte sie begonnen seine Eichel mit der Zunge zu umspielen, bevor sie vorsichtig an ihr gesaugt hatte. Doch anstatt seinen Schwanz dann ganz in den Mund zu nehmen, hatte sie genüsslich an seinem steifen Schaft geleckt. Er hatte es nicht mehr ausgehalten und sie einfach zu

Seite geworfen und sich über sie gebeugt. Ihre kleinen Brustwarzen waren hart gewesen und hatten nur darauf gewartet von seiner Zunge liebkost zu werden. Aber Timo hatte nicht lange an ihren Brüsten verweilt, er war einfach zu neugierig gewesen, in sie einzudringen. Somit hatte er sich ihrer Vagina zugewendet, die so zart und schmal vor ihm lag. Ihr Kitzler war hinter ihren straffen Schamlippen versteckt gewesen, und er hatte sich mit seiner Zunge langsam einen Weg zwischen ihren Schlitz gebahnt. Hanna hatte leicht aufgestöhnt und ihm ihr Becken entgegengestreckt. Er hatte dies als Aufforderung gedeutet, in sie einzudringen und hatte vorsichtig sein steifes Glied zwischen ihren Schlitz geschoben, um es dann langsam immer weiter in sie hineinzuschieben. Er konnte sich erinnern, wie eng Hanna gewesen war und nun war er aufgewacht.
Automatisch legte Timo nun selbst Hand an, um den Traum zu Ende zu bringen. Er fuhr nur ein paar Mal mit seiner Hand an seinem Schaft auf und ab, bis er abspritzte.
Als er wieder zur Ruhe gekommen war, redete er sich ein, dass er wohl doch nur Sex mit Hanna hatte haben wollen und keine Gefühle mit ihm Spiel waren. Mit diesen Gedanken schlief er wieder ein.

Am nächsten Tag auf der Arbeit war er unkonzentriert. In der Werkstatt, in der er als Tischlermeister arbeitete, sägte er die falsche Länge bei einem Brett ab und schraubte zwei Bretter falsch zusammen.
„Und sowas ist Meister!", neckte ihn der Auszubildende scherzhaft im Vorbeigehen. Und dann rief er ihm aus der anderen Ecke der Werkstatt noch hinterher: „Probleme mit der Sexbombe, oder was?"
Die anderen beiden Kollegen lachten laut.
Timo antwortete nicht. Zu sehr war er damit beschäftigt, sich auf die Arbeit zu konzentrieren und die Gedanken an Hanna beiseite zu schieben. Im Laufe des Tages war ihm klargeworden, dass er was für Hanna empfand. Er konnte es wenden und drehen wie er wollte, aber nicht davor davonlaufen. Er musste zu ihr!
„Chef, wir sollten doch die weißlackierten Stücke nehmen, warum nimmst du jetzt die in Natura?", fragte ihn Martin kopfschüttelnd.

Timo war mit den Nerven am Ende. Wütend schmiss er das Holzstück vor sich hin und fluchte laut.

„Mach doch Schluss für heute, Timo. Du bist uns hier heute keine Hilfe, in zwei Stunden ist eh Feierabend."

Timo war froh, dass seine Kollegen nicht weiter bohrten, was mit ihm los war.

„OK, ich hau ab! Bis morgen dann!" Timo ließ sofort alles stehen und liegen und verschwand aus der Werkstatt. Auf dem Weg zu seiner Wohnung und unter der Dusche überlegte er sich, wie er Hanna am besten kontaktieren könnte, und vor allem, was er ihr sagen sollte. Wie er Steffi gegenübertreten sollte, darüber machte er sich erst einmal keine Sorgen. Zu sehr war er gedanklich mit Hanna beschäftigt. Sollte er einfach spontan bei ihr auftauchen? Oder war es besser, sie anzurufen und sie zu fragen, ob er sich mit ihr treffen könne? Vielleicht wollte sie ihn ja gar nicht wiedersehen. Aber innerlich wusste Timo, dass da auch bei Hanna etwas gewesen sein musste, als sie sich so zärtlich bei ihr im Zimmer geküsst hatten. Das hatte er sich doch nicht eingebildet! Aber vielleicht war sie nun zu gekränkt, weil er danach gleich nebenan Steffi gevögelt hatte.

Nach dem Duschen schaute Timo auf die Uhr. Es war nun halb vier, und Hanna würde jetzt bestimmt zu Hause sein und vorbildlich lernen. Sie war nicht der Typ Mädchen, der in einer Clique rumhing. Sie war viel zu schüchtern und strebsam und hatte ihr Ziel fest im Auge: Sie wollte Ärztin werden, und um zum Studium zugelassen zu werden, brauchte man sehr gute Noten. Daher würde er sie mit Sicherheit jetzt zu Hause antreffen. Die Zeit war außerdem perfekt, denn Steffi machte erst um 18 Uhr Feierabend. Somit wäre sie nicht vor halb sieben zu Hause.

Spontan wie Timo war, schnappte er sich seine Autoschlüssel und trabte die Treppe hinunter zu seinem Auto. Diesmal hatte er nicht so viel Glück bei der Parkplatzsuche rund um Steffis Wohnung. Doch nach etwa 10 Minuten, nachdem er ein zweites Mal um den Block gefahren war, fand er einen Parkplatz in der Parallelstraße. Es war

nun 16 Uhr und er würde also gute 2 Stunden Zeit haben. In der Zeit sollte er es schaffen, mit Hanna ein klärendes Gespräch zu führen.
Wie immer flog er die Treppen in den 3. Stock nur so hoch. Doch diesmal atmete er mehrmals tief durch, bevor er klingelte. Timo hörte, wie sich Hanna der Tür näherte. Würde sie ihm öffnen? Sicherlich spähte Hanna nun durch das Guckloch und überlegte, ob sie ihm öffnen soll, denn das Warten dauerte Timo schon viel zu lang. Normalerweise hätte sie ihm schon längst aufgemacht. Er erwartete, dass sie sich wieder von der Tür entfernen würde, doch es blieb ruhig. Dann öffnete sich die Tür einen Spalt. Timo konnte nur die Hälfte von Hannas Gesichts erkennen.
„Ja, was gibt`s?", begrüßte sie ihn in einem unsicheren Ton.
„Ich würde gern mit dir reden."
„Was möchtest du mir denn sagen?" Hanna öffnete die Tür nicht weiter. Es schien so, als ob sie Angst vor ihm hatte und befürchtete, er würde sich einfach gewaltsam Eintritt verschaffen.
Timo kam sich wie ein Verbrecher vor.
„Ich würde das gern mit dir persönlich klären und nicht mit allen Nachbarn. Kann ich reinkommen?"
Hanna kräuselte ihren Mund, verzog ihn nach rechts und schaute dabei neben ihn auf den Boden. Dann, ohne etwas zu erwidern, weitete sich der Türspalt wie von Zauberhand. Timo trat sofort ein.
Hanna schloss die Wohnungstür hinter ihm und blieb mit verschränkten Armen vor ihm stehen. Verlegen schaute sie ihm immer wieder kurz in die Augen, um dann ihren Blick doch wieder von ihm zu wenden.
Timo rang mit den Worten: „Ich weiß nicht, wie ich beginnen soll, aber ich habe dich nicht einfach nur so geküsst." Er fand es besser, Hanna nicht gleich vollzutexten und ihr sein Herz auszuschütten, sondern erst einmal vorsichtig zu beginnen und abzuwarten, wie sie reagieren würde. Er musterte jede Mimik in ihrem Gesicht und hoffte daraus lesen zu können, was in ihr vorging.
Doch mehr als ein „Aha" kam nicht über Hannas Lippen.
Timo versuchte es weiter: „Und ich weiß, dass ich dich verletzt habe,

weil ich danach gleich mit Steffi geschlafen habe."
„So, meinst du?", antwortete Hanna kühl und schnippisch.
Timo hatte keine Lust nun mit ihr ein Streitgespräch zu starten und wurde direkt: „Ich empfinde etwas für dich, Hanna, und weiß nicht wie es weitergehen soll. Mehr kann ich nicht sagen."
„Naja, du bist doch mit Steffi zusammen. Du kannst sie doch so oft vögeln, wie du willst."
Timo war überrascht über ihre Worte. Nicht, dass er das Wort „Vögeln" nicht selbst benutzte, aber aus Hannas Munde klang es irgendwie ordinär.
„Es geht mir nicht ums Vögeln, auch wenn es so aussieht. Ich konnte..."
Hanna unterbrach ihn wütend, und zum ersten Mal erlebte Timo Hannas laute Stimme: „Nein, natürlich nicht!" Hanna entfaltete ihre Arme und fuchtelte wild mit ihnen vor Timos Nase herum. „Bei mir hast du dich heiß gemacht. Wenn Steffi nicht plötzlich hereingeplatzt wäre, dann, dann…" Hanna traute sich nicht es in den Mund zu nehmen, ihre Stimme erstickte.
So lebhaft hatte Timo Hanna noch nie erlebt. In ihr musste es brodeln. Er hatte nicht vermutet, dass sie so reagieren würde.
„Was dann?", rief Timo ihr entgegen. Er wollte, dass sie es ihm sagte.
„Dann, dann hättest du mit mir geschlafen!" Hanna ließ ihre Arme schlaff neben dem Körper hängen und sah ihn aus schmerzverzerrten Augen an.
Auch Timo war für einen kurzen Moment sprachlos. Dann machte er kurzerhand einen Schritt auf sie zu und schlang seine Arme um sie. Hanna fing, so eng an seine Brust gepresst, sofort zu schluchzen an.
„Es tut mir leid." Mehr bekam Timo nicht raus. Stattdessen küsste er sie auf ihren Kopf.
Ganz unerwartet drückte sich Hanna dann plötzlich von Timo weg.
„Ach, du würdest Steffi doch sowieso nicht verlassen." Mit diesem Satz lief Hanna in ihr Zimmer und stellte sich mit verschränkten Armen und dem Rücken zu Timo ans Fenster.
Timo war sich nicht sicher, wie er nun reagieren, was er ihr antwor-

ten sollte. Langsam ging er in Hannas Zimmer, und als er fast bei ihr angekommen war, antwortete er: „Deswegen bin ich hergekommen, um das mit dir zu klären! Ich will mit dir zusammen sein!"
Hanna schaute weiter aus dem Fenster, als sie Timo mit ruhiger, mutloser Stimme entgegnete: „Wir können nicht zusammen sein, es geht einfach nicht."
Timo stand nun dicht neben ihr und steckte seine Hände in die Hosentaschen. Erst folgte er ihrem Blick durchs Fenster, dann schaute er sie wieder an. Sie wirkte so zerbrechlich. Ihr T-Shirt hing schräg über ihre Schulter, so dass man den spitzenbesetzten Träger ihres BHs sehen konnte. Wie gern hätte er nun ihre Locken zur Seite genommen und sie an ihrem zierlichen Hals geküsst. In dem Moment wusste er, dass er sie liebte, er spürte dieses Gefühl schmerzhaft in seiner Brust. Doch warum konnten sie nicht zusammen sein? Timo traute sich nicht, sie zu fragen, aber was blieb ihm anderes übrig?
„Warum nicht?"
Hanna drehte sich zu Timo: „Weil Steffi meine Schwester ist und ich ihr nicht das Herz brechen kann."
„Aber du kannst nichts für deine Gefühle, das würde Steffi auch verstehen!"
„Steffi wäre trotzdem sehr verletzt und wahrscheinlich will sie dann nichts mehr mit mir zu tun haben. Ich will sie nicht verlieren, sie war immer für mich da, ich brauche sie. Sie ist meine Familie."
Timo verstand das absolut. Was sollte er nun noch erwidern? Konnte er sie überzeugen, nach ihrem Herzen zu handeln? Aber das tat sie ja, sie hatte sich für die Liebe zu ihrer Schwester entschieden. Trotzdem startete er einen letzten Versuch: „Ich glaube, ich liebe dich, Hanna, ich liebe dich wirklich."
Hannas Augen weiteten sich überrascht und blickten Timo fragend an. „Und liebst du Steffi?"
„Ich weiß es nicht. Seit du und ich uns geküsst haben, habe ich das Gefühl, nie so intensiv für Steffi empfunden zu haben."
Hanna ging darauf nicht ein, denn ihr machte noch etwas anderes Sorgen. Starr durchs Fenster blickend entgegnete sie Timo: „Außer-

dem könnte ich nicht mit dir schlafen."
Timo war verwirrt. „Wie kommst du denn darauf?"
„Weil ich dir das, was du im Bett erwartest, nicht geben kann." Sie blickte Timo weiterhin nicht an.
„Woher willst du wissen, was ich erwarte? Hat Steffi aus dem Nähkästchen geplaudert?", äußerte Timo verblüfft.
Hanna schüttelte nur den Kopf. Sie konnte ihm ja nun schlecht gestehen, dass sie beim letzten Mal durchs Schlüsselloch geguckt hatte.
„Naja, du bist halt erfahrener als ich und, und..." Hannas Stimme erstarb. Sie schaute zu Boden.
„Und was?" Timo hob mit seiner Hand ihr Kinn hoch. „Schau mich an. Wovor hast du Angst?"
Hanna wich seinem Blick aus, doch als sie zu sprechen begann, sah sie ihm klar in die Augen: „Ich will halt einiges im Bett nicht machen."
Bei Timo schien der Knoten nun geplatzt zu sein. Lebhaft entgegnete er: „Hey, mein Engel, ich muss im Bett nicht dies und das machen, ich möchte, dass es dir auch gefällt!"
Hanna wich seinem Blick wieder aus und flüsterte: „Das sagst du jetzt, aber dann..."
„Ich weiß ja nicht, was Sven alles wollte, aber mittlerweile glaube ich nicht, dass er so nett zu dir war!"
Hanna zuckte mit den Schultern und ging schnell zu ihrem Schreibtisch. Dort ließ sie sich auf ihren Stuhl plumpsen, nahm ein Heft zur Hand und sagte beiläufig: „So, ich muss jetzt lernen."
Timo schaute auf seine Uhr, er hatte die Zeit ganz vergessen. Doch es war erst 17 Uhr. Es blieb ihm also noch Zeit, bis Steffi zurückkam.
„Und jetzt lässt du mich hier einfach so stehen?" Vorwurfsvoll breitete Timo seine Arme aus.
Hanna reagierte nicht. Sie tat so, als ob sie in ihr Heft vertieft wäre.
„Hanna!" Timo ging auf sie zu und hockte sich links neben sie.
Als sie sich immer noch nicht rührte, legte er seine rechte Hand auf ihren linken Oberschenkel und drehte sie auf ihrem Bürostuhl in seine Richtung.
Timos Berührung durchzuckte Hanna wie ein Stromschlag. Sie atmete

tief ein und laut seufzend wieder aus. Dabei sackten ihre Schultern nach unten. Ihr Gesichtsausdruck war quälend.
„Wovor hast du Angst, Hanna? Steffi ist nicht der wirkliche Grund, oder?" Timo legte nun auch seine linke Hand auf ihren rechten Oberschenkel und schaute sie fragend an.
Hanna wusste selbst, dass sie ihre Schwester nur vorschob und sie eigentlich Angst hatte, Timo nicht zu genügen. Sie konnte sich nämlich nicht vorstellen, dass Timo ihren Körper mit ihren kleinen Brüsten mögen würde, ganz zu schweigen von ihrer Untätigkeit im Bett. Sie würde nicht die sein, die ihm dreckige Wörter und Befehle an den Kopf schmeißen würde, und sie würde auch nicht wild auf ihm reiten wollen, auch wenn sie den Anblick erregend fand. Steckte da etwas in ihr, was sich nicht hervorzuholen vermochte? Hanna wollte dem Gedanken jetzt aber nicht nachgehen und antwortete daher knapp: „Vor nichts."
„Lass mich dir zeigen, dass du keine Angst zu haben brauchst!" Timo griff nach Hannas Händen und zog sie von ihrem Stuhl.
Hanna wehrte sich nicht.
Als Hanna stand, ließ er ihre Hände wieder los, um ihre Locken nach hinten zu werfen und mit beiden Händen ihr Gesicht zu umfassen. Timo war gefesselt von Hannas wunderschönen, herzförmigen Lippen und näherte sich diesen wie in Trance. Und dann war es wie beim ersten Küssen am gestrigen Tag: Beide durchzuckte es wie ein Feuerwerk, als sich ihre Lippen trafen.
Hanna schien nun offener zu werden. Ihre Zunge suchte Timos und dann begannen sie immer wilder werdend zu züngeln. Timo drückte dabei seinen Körper fest an Hannas und spürte ihre leicht gewölbten Brüste. Dann umfasste er mit seinen beiden Händen ihre knackigen Pobacken. Hanna ließ es geschehen. Sie törnte es an, Timos starken Körper so dicht an ihrem zu spüren.
Und Timo konnte es nicht mehr abwarten. Er hob Hanna hoch und trug sie zu ihrem Bett. Vorsichtig legte er sie dort ab und stieg dann über sie.
Hanna hielt ihre Augen geschlossen und atmete schnell. Sie war auf-

geregt und erregt zugleich und fragte sich, was Timo nun mit ihr anstellen würde.

Timo aber war es klar, was er mit Hanna machen wollte. Er beobachtete ihre gehärteten Brustwarzen, die bei jeder Einatmung gegen ihr locker sitzendes Top stießen. Das erregte ihn wahnsinnig, und er wollte endlich ihre kleinen Brüste sehen. So schob er vorsichtig ihr Top nach oben und über ihren Kopf, so dass ihre Brüstchen zum Vorschein kamen. Nur leicht hoben sie sich von Hannas Brustkorb ab, und ihre Brustwarzen waren kleine harte Kugeln, an denen Timo nun zärtlich zu züngeln begann. Hanna piepste kurz, und als er dann an ihren Brustwarzen saugte, stöhnte sie leise auf.

Zwischen Hannas Beinen pulsierte und kribbelte es. Und als ob Timo dies ahnen würde, öffnete er nun ihre Hotpants und streifte sie ihr ab. Zum Vorschein kam ein pinker, mit Spitze verzierter Slip. Timo zog ihn ihr erst einmal nicht aus, um Hanna nicht zu überrumpeln. Stattdessen streichelte er mit seinen Fingern vorsichtig über ihren Venushügel und dann weiter hinunter zwischen ihre Beine.

Hanna stöhnte wieder auf und bäumte leicht ihren Unterleib auf.

Timo war froh, dass es Hanna gefiel. So würde sie sicher nichts dagegen haben, wenn er ihr nun den Slip abstreifen würden. Also zog er ihn langsam herunter, Stück für Stück, um zwischendurch immer wieder innezuhalten und Hannas Oberschenkelinnenseiten zu küssen.

Hannas Stöhnen hörte nun gar nicht mehr auf.

Schnell streifte Timo den Slip ganz ab und wendete sich dann Hannas Möse zu. Ihr Venushügel war mit einem dünn-gekräuselten Haarpflaum bedeckt und zwischen ihren leicht geöffneten Beinen konnte er ihre straffen Schamlippen erblicken, aus denen ihr glitzernder Muschisaft quoll. Am liebsten hätte Timo sie jetzt ausgiebig geleckt, aber damit würde er Hanna bestimmt verschrecken. Er fragte sich, ob Hanna es überhaupt gefallen würde, wenn er mit seiner Zunge und seinen Lippen ihren Intimbereich liebkosen würde. Timo wollte den Versuch trotzdem wagen und begann, Hanna zwischen ihren Beinen oberhalb ihres Knies zu küssen und sich dann weiter nach oben zu bewegen. Als er an ihren Schamlippen angekommen war, berührte er sie leicht mit seiner Zungenspitze.

Hanna quietschte auf und breitete ihre Beine weiter aus.

Timo nahm dies erleichtert als Einladung war, sie weiter oral zu befriedigen. Doch er hielt es nicht mehr lange aus. Sein Schwanz war steinhart und wartete ungeduldig darauf, abspritzen zu können. Schnell leckte er daher den salzigen Saft entlang ihrer Schamlippen ab und robbte auf seinen Knien etwas höher, bis sich seine Latte auf Höhe von Hannas Vagina befand. Dann legte er beide Hände auf Hannas Leiste und zog mit beiden Daumen behutsam ihre Schamlippen auseinander. Sofort floss ihm Hannas Saft entgegen und Timo konnte das rosarote Innere ihrer Muschi erkennen. Jetzt war es Zeit für ihn, in Hanna einzudringen. Er legte seine Eichel zwischen Hannas Schamlippen und blieb dort. Mit seinen Händen strich er mit leichtem Drucken seitlich an ihrem Körper hoch, bis er an ihren Brüsten angekommen war und massierte sie liebevoll. Dabei fragte er Hanna flüsternd: „Ich würde gern in dich eindringen. Willst du es auch?"

Timo war erleichtert, als er ein leichtes Kopfnicken bei Hanna vernahm und schob dann sein hartes Stück langsam weiter in ihre Vagina. Und sie war eng, so eng, wie er es geträumt hatte! Sein Penis wurde regelrecht eingeschnürt, was ihn noch mehr stimulierte. Timo war klar, dass er seinen Orgasmus nun nicht mehr lange hinauszögern würde können. Daher wählte er einen langsamen Rhythmus, denn er wollte, dass auch Hanna etwas davon hatte. Aber er konnte sich nicht mehr zurückhalten, er war einfach zu erregt. Nach ein paar kurzen Stößen ergoss er sich dann auch schon laut schnaufend in ihr.

Hanna und Timo waren so in Ekstase, dass sie nicht hörten, wie Steffi zur Tür reinkam. Hannas Zimmertür stand zwar nicht weit offen, aber weit genug, dass Steffi sehen konnte, was in Hannas Bett vor sich ging. Steffi wollte gerade einen Schritt auf Hannas Zimmer zugehen, als ihre Augen vernahmen, wer da über ihrer nackten Schwester lag. Timo! Steffi war wie erstarrt. Ihre große schwere Umhängetasche, die ihr über der Schulter gehangen hatte, viel plumpsend neben ihr zu Boden.

Hanna und Timo nahmen das Geräusch beide gleichzeitig war. Erschrocken ließ Timo von Hanna ab und sprang seitlich vom Bett. Doch es war zu spät. Natürlich hatte Steffi die Situation sofort erkannt. Alle drei waren für Sekunden wie erstarrt. Steffi löste sich als Erste und stampfte wutentbrannt in Hannas Zimmer, direkt auf Timo zu und gab ihm mit voller Wucht eine Ohrfeige. Ihre Augen funkelten vor Hass.
„Du Schwein! Du Arschloch", prustete es aus ihr heraus und fing an, mit ihren Fäusten auf Timos Brust zu trommeln.
Timo war nicht imstande irgendetwas zu sagen. Er hatte es verdient und es schmerzte ihn, Steffi so wehgetan zu haben. Trotzdem griff er nach Steffis Handgelenken, um sie zu stoppen.
Steffi ließ sofort von ihm ab und lief heulend in ihr Zimmer. Mit einem lauten Knall fiel ihre Zimmertür hinter ihr zu.
Es vergingen ein paar Schrecksekunden, bis Timo sich aus diesem Schock lösen konnte. Er drehte seinen Kopf wieder in die andere Richtung aufs Bett, wo Hanna nun, wie ein Embryo seitlich zusammengerollt und an die Wand blickend, lag. Urplötzlich schrie er laut: „Scheiiiße!!!" Timo fühlte sich wie in einem Alptraum. Er griff nach seinen Sachen und zog sie sich schnell über. Dann setzte er sich hinter Hannas Rücken aufs Bett und legte seine Hand auf ihre Schulter.
„Es tut mir leid, Hanna", versuchte er so gefühlvoll wie möglich zu sagen, obwohl er in diesem Moment extrem wütend auf sich selbst war. Dabei strich er an Hannas Arm entlang und übte leichten Druck auf ihre Schulter aus, um sie damit in seine Richtung zu drehen. Doch Hanna leistete Widerstand und ließ sich nicht umdrehen.
„Lass mich", zischte sie.
Timo fühlte sich hilflos und setzte sich an die Bettkante. Er stützte seine Ellenbogen auf seine Oberschenkel und vergrub sein Gesicht in seinen Händen. Es gab nichts mehr zu sagen, er konnte es nicht wieder rückgängig machen.
Dann vernahm Timo Hannas leises Schluchzen. Er wendete sich ihr wieder zu und legte sich hinter sie, um sich an ihren Rücken zu schmiegen.

„Was soll ich denn nun bloß tun?", jammerte Hanna sofort auf.
„Ich weiß es auch nicht. Es tut mir so leid", flüsterte Timo in ihre Locken zurück. „Ich denke, es ist das Beste, wenn ich jetzt mal zu Steffi rübergehe."
Hanna nickte kaum merklich.
Daraufhin stand Timo wieder auf und ging schleppend zu Steffis Zimmertür. Als er klopfte, kam sofort ein kreischendes und hysterisches „Waaas?!" als Antwort zurück.
Mit etwas erhobener Stimme, damit Steffi ihn durch die Zimmertür hören konnte, fragte Timo: „Kann ich reinkommen?"
„Du machst doch eh, was du willst!", entgegnete sie ihm laut schluchzend.
Timo drückte die Türklinke hinunter und sah Steffi zusammengerollt und tränenüberströmt auf ihrem Bett liegen. Er schloss die Tür hinter sich und setzte sich Steffi zugewandt aufs Bett. Gerade als er seine Hand auf ihren Arm legen wollte, schleuderte Steffi ihn schon zur Seite und schrie ihn hysterisch und mit greller Stimme an: „Fass mich nicht an! Nimm` deine dreckigen Hände von mir!"
Dann setzte sie sich auf und umschlang ihre Beine mit ihren Armen.
„Es tut mir leid, Steffi!" Timo fand die Worte selbst blöd, aber mehr bekam er nicht raus. Es war aber auch einfach die Wahrheit. Vielleicht war auch jetzt der richtige Zeitpunkt, Steffi zu sagen, dass er Hanna, ihre Schwester, liebte. Sicherlich ging Steffi davon aus, dass es zwischen ihm und Hanna nur ein einmaliger Ausrutscher gewesen und alles nur auf sexueller Basis abgelaufen war. Würde sie es dann überhaupt verkraften, wenn er ihr nun sagen würde, dass da auch Gefühle mit im Spiel waren?
Doch weiter kam er mit seinen Gedanken nicht, Steffi holte ihn zurück: „Natürlich! Und dann war es sicherlich auch nicht so wie es aussah!"
„Nein, es war so, wie es aussah und es tut mir wirklich vom Herzen leid, dass ich dir so wehgetan habe."
„Ach, und das weiß man nicht vorher!? Ich dachte, dir würde unser Sex gefallen, und genug Sex haben wir doch auch?!" Steffi sprach

immer noch mit gellender Stimme.
„Damit hat es nichts zu tun... Es ist..."
Steffi ließ Timo nicht ausreden: „Nein, natürlich nicht! Du brauchst noch den letzten Kick: Die kleine unschuldige Schwester deiner Freundin ficken! Wie pervers bist du eigentlich! Hanna ist doch noch fast ein Kind! Ich wusste nicht, dass du auf sowas Abartiges stehst! Wahrscheinlich hast du die ganze Zeit darauf gewartet, dass sie 18 wird, damit du sie endlich bumsen kannst!"
Das musste sich Timo nicht gefallen lassen. Er stand auf und schrie mit brüllender Stimme dazwischen: „Es reicht! So war es nicht! Definitiv nicht!" Timo fühlte, dass er wohl nicht drum herum kam, Steffi die Wahrheit mitzuteilen, auch wenn es nochmal ein weiterer Schock für sie wäre.
„So, wie war es denn? Hanna hat dich wahrscheinlich verführt, oder? So ist es bestimmt gewesen, das kleine sexgeile Etwas! Wahrscheinlich habt ihr schon seit längerem eure Sexspielchen miteinander. Ist sie schön eng, ja?" Steffi schleuderte ihm ihr Daunenkissen entgegen. Es prallte an ihm ab und fiel zu Boden.
„Nein", seine Stimme wurde ein paar Stufen leiser und ruhiger: „Nein, es war das erste Mal."
„Ah, und wie war es? Haben dir ihre kleinen Brüste gefallen? Bist du gekommen?"
Timo atmete tief ein und laut wieder aus.
„Ich weiß, dass du alle Einzelheiten wissen möchtest."
„Nein, erspar` mir das! Ich will dich nie wieder sehen. Ich war mir sicher, du wärst treu! Ich könnte dir nie wieder vertrauen! Verschwinde jetzt."
Für Timo war es Zeit zu gehen, es war auch gut so. Die andere Tatsache würde Steffi heut nicht mehr verkraften. Sie musste das jetzt erst einmal verarbeiten.
„Ich bin für dich da, wenn du mit mir sprechen möchtest", bot er ihr nur noch schnell an, er wollte nicht im Streit mit ihr auseinandergehen.
„Und wenn ich ficken will, dann bestimmt auch! Aber das könnte dir

so passen, du notgeiles Schwein!"
Darauf reagierte Timo nicht. Er verstand, dass Steffi immer noch äußerst wütend war und diese Wut jetzt rauslassen musste. Es brachte aber nichts. Entschlossen ging er daher zur Zimmertür, drückte die Klinke herunter und verabschiedete sich, ohne sich nochmal nach Steffi umzudrehen, mit den Worten: „Ich gehe jetzt."
„Verpiss dich!", erwiderte sie daraufhin bissig und kalt und ließ Timo gehen.
Sofort schloss dieser die Zimmertür hinter sich und bog nach rechts in Hannas Zimmer ein.
Hanna hatte sich mittlerweile wieder angezogen, saß aber genauso wie Steffi mit angezogenen Beinen, um die sie ihre Arme geschlungen hatte, auf ihrem Bett. Timo setzte sich zu ihr.
„Und?" Hanna konnte es nicht abwarten, was Timo ihr berichten würde.
„Nichts und." Er konnte Hanna nicht anschauen und sprach weiter in den Raum: „Sie ist natürlich sehr aufgebracht und wütend. Verständlich."
„Hat sie was zu mir gesagt? Ist sie wütend auf mich?"
„Darüber hat sie nichts gesagt. Ich glaube aber nicht. Sie ist nur stinksauer auf mich."
„Und was soll ich jetzt machen?" Mit weitgeöffneten und rotgeweinten Augen blickte Hanna Timo ängstlich an.
„Du musst mit ihr sprechen."
„Und was soll ich ihr sagen?"
Timo drehte sich jetzt zu ihr um. „Wie es dazu gekommen ist und was es dir bedeutet."
„Was bedeutet es dir denn?", flüsterte Hanna ihm immer noch angsterfüllt entgegen.
„Ich empfinde viel für dich und für mich war das heute keine einmalige Sache. Ich bin aber im Moment viel zu durcheinander, um klar denken zu können. Vorhin wollte ich noch mit dir zusammen sein, aber ich weiß nicht, wie sich das hier alles entwickeln wird."
„Was meinst du damit?"

„Wir müssen mit Steffi erst klare Fronten schaffen. Wenn es gar nicht mehr mit ihr hier geht, kannst du zu mir ziehen. Lass uns die nächsten Tage telefonieren. Es ist besser, wenn ich jetzt gehe und wir alle das erstmal verarbeiten."
Hanna nickte.
Timo stand auf, beugte sich über sie und gab ihr einen Kuss auf ihre Stirn. Dann verließ er die Wohnung und fuhr nach Hause.

Steffi verstand die Welt nicht mehr. Sie war sich so sicher gewesen mit Timo. Niemals hätte sie gedacht, dass er fremdgehen würde! Und dann auch noch mit ihrer Schwester! Würde sie ihm jemals verzeihen können? Konnte sie überhaupt noch mit ihm zusammen sein und ihm jemals wieder vertrauen? Steffis Kopf rauchte. Ihre Gefühle fuhren Achterbahn. Aber im Moment empfand sie nur Wut und Hass für Timo. Immer noch auf ihrem Bett sitzend, die Beine mit beiden Händen umschlungen, liefen ihr schluchzend die Tränen über die Wangen. Und was war überhaupt mit Hanna? Warum war sie mit Timo im Bett gelandet? Wie war es dazu gekommen? Hatten sie sich dazu verabredet? War also schon vorher was gelaufen, von dem sie nichts wusste? Oder hatte Hanna sich um den Finger wickeln lassen und sich nicht getraut, Timo den Laufpass zu geben? Oder stand Hanna eventuell sogar schon länger auf Timo? Hanna hatte aber bestimmt nicht den Anfang gemacht, da war sich Steffi sicher. Oder etwa doch? Zweifel kamen in ihr hoch. Kannte sie Hanna denn überhaupt gut genug, um sagen zu können, dass sie ein Mauerblümchen beim Sex war? Stille Wasser sind ja bekanntlich tief. Vielleicht zeigte Hanna im Bett ja ein ganz anderes Gesicht? Steffi musste sofort wissen, wie es dazu gekommen war. Also sprang sie auf und eilte zu Hannas Zimmertür. Kurz blieb sie stehen, um zu horchen, ob sie irgendwelche Geräusche aus Hannas Zimmer wahrnahm. Doch sie hörte nur Stille. Dann klopfte sie.
„Hanna?"
Sofort kam ein gebrechliches und zartes „Ja" von Hanna zurück.
Steffi fragte nicht weiter, ob sie eintreten könne, sondern drückte

einfach die Klinke hinunter und trat ein.

Der Anblick ihrer traurigen Schwester, die genauso jämmerlich auf ihrem Bett saß wie sie eben noch, zerriss ihr fast das Herz. Steffi wurde weich. Behutsam setzte sie sich neben Hanna und legte ihr den Arm um die Schulter.

„Hey". Mehr bekam Steffi grad nicht heraus, sie hatte einen Kloß im Hals. Doch sie war ja mit der Absicht zu Hanna gekommen, herauszufinden, was nun zwischen ihr und Timo passiert war. Also begann sie mit den Worten: „Hör auf zu weinen, Süße", und rieb dabei leicht an Hannas Schulter.

Doch Hanna brach wieder in Tränen aus.

„Ich bin dir nicht böse", versuchte Steffi Hanna weiter zu beruhigen. Und als Hannas Schluchzen schließlich etwas nachließ, fragte Steffi sie: „Hat Timo dir wehgetan?"

Nun legte Hanna ihren Kopf an Steffis Schulter und flüsterte: „Nein, es tut mir so leid."

„Alles OK, Schatz, wir Schwestern halten zusammen. Timo wird uns nicht kaputt machen." Sie drückte Hanna enger an sich.

Es vergingen einige Minuten, bis Hannas Tränen abgeebbt waren. Dann fasste Steffi Mut, atmete einmal tief ein und fragte Hanna: „Willst du mir erzählen, wie es passiert ist?"

Beide wussten natürlich, was mit „es" gemeint war.

„Ich weiß nicht." Hanna begann wieder zu schluchzen. Für sie war es einfach zu peinlich, alle intimen Details auszupacken, vor allem, weil Timo der Freund ihrer Schwester war. Außerdem wusste sie nicht, ob sie ihrer Schwester wirklich alles erzählen sollte. Also, dass auch Gefühle zwischen ihr und Timo mit ihm Spiel waren.

„Hat er dich angebaggert?" Steffi ließ nicht locker.

Hanna schüttelte den Kopf, obwohl es ja eigentlich so gewesen war. Aber Hanna hatte es nicht als Anbaggern empfunden, da sie „es" ja auch gewollt hatte.

„Was dann? Hast du dich an ihn rangemacht?"

Hanna vernahm einen leicht vorwurfsvollen Ton in Steffis Stimme. Aber auch auf diese Frage antwortete Hanna mit Kopfschütteln.

Steffi nervte dieses um den Brei Herumgerede, versuchte aber weiterhin verständnisvoll zu sein.

„Wie ist es dann dazu gekommen?"

Hanna ließ ihren Kopf wieder auf Steffis Schulter sinken und schaute nicht zu ihr hoch, als sie antwortete: „Er ist spontan vorbeigekommen, weil er mit mir reden wollte."

„Und was wollte er mit dir bereden?"

Hanna konnte ihre Schwester nicht anlügen, sie musste ihr die ganze Wahrheit sagen: „Dass er was für mich fühlt."

Steffi trafen diese Worte wie ein Schock. Sie musste Hannas Satz erst einmal verarbeiten und ihre Gedanken sammeln, bevor sie ruhig weiterfragen konnte: „Hattet ihr vorher schon was?"

Hanna schüttelte ihren Kopf.

„Ihr seid euch heute also zum ersten Mal näher gekommen?"

„Ja." Hannas Stimme klang gebrochen und ängstlich.

„Er hat dir also gesagt, dass er etwas für dich empfindet, und das war genug für dich, dass du mit ihm ins Bett gestiegen bist?"

„Er hat mich umarmt, und dann haben wir uns geküsst, und dann lagen wir plötzlich auf meinem Bett, und dann..."

Steffi unterbrach Hanna: „Wolltest du es auch?"

Hanna begann wieder zu schluchzen und erwiderte jammernd: „ Ja, nein, ich weiß es nicht, ich wollte dir nicht wehtun." Hanna schluchzte wieder stark, ihr ganzer Körper vibrierte.

„Liebst du Timo? Willst du mit ihm zusammen sein?" Diese Fragen musste sie jetzt direkt stellen, auch wenn ihr Hannas Antwort wehtun würde. Sie musste jetzt Klarheit haben.

Hanna stoppte kurz ihr Heulen, um zu antworten: „Ich weiß es nicht. Vielleicht." Dann wimmerte sie weiter.

Steffi ließ Hanna los. Weitere Detailfragen sparte sie sich. Für sie war nun klar, dass beide etwas für einander fühlten. Vielleicht stand Hanna ja tatsächlich schon länger auf Timo, ohne dass es ihr selbst bewusst gewesen war. Vielleicht hatte Hanna diese Gefühle nur unterdrückt, weil sie ja wusste, dass Timo ihr Freund war. Nun hatte sich Timo aber geöffnet, und darauf ist Hanna dann natürlich gleich ein-

gegangen. Wozu sollte sie nun also noch erfahren wollen, wie der Sex zwischen beiden verlaufen war? Das wäre nur interessant gewesen, wenn es für Timo ein Ausrutscher gewesen wäre, denn dann hätte sie herausfinden können, was ihm eventuell im Bett fehlte. Aber nun war ja klar, dass er wohl mit Hanna zusammen sein wollte und Hanna mit ihm.
Steffi hatte genug erfahren. Sie stand auf und ging zur Tür. Doch eins wollte sie noch wissen. Abrupt drehte sich daher nochmal zu Hanna um und fragte sie: „Hat dir der Sex mit Timo gefallen?"
„Warum tust du mir das an?" Hanna quälte Steffis Frage.
„OK, es hat dir also gefallen." Steffi ging weiter zur Tür. Als sie unter dem Türrahmen angekommen war, drehte sie sich noch ein letztes Mal um: „Ach, noch was. Falls ihr zukünftig zusammen sein wollt, wäre es besser, wenn du ausziehst." Dann ging sie zurück in ihr Zimmer.

Eine Stunde später rief Hanna Timo an und berichtete ihm über das Gespräch mit ihrer Schwester. Beide entschlossen sich dazu, dass Hanna schnellstmöglich bei Timo einziehen sollte, um weitere Eskalationen zu vermeiden. Außerdem waren beide der gleichen Meinung, dass Timo noch ein klärendes Gespräch mit Steffi führen sollte.
Eine Woche später, nachdem Hanna zu ihm gezogen war, rief er dann bei Steffi an und war überrascht, wie gesetzt und ruhig sie mit ihm redete. So, als ob sie überhaupt nicht mehr verletzt wäre. Sie willigte auch problemlos in ein klärendes Gespräch ein. Für Samstagnachmittag verabredeten sie sich dann schließlich in Steffis Wohnung.

Timo war sichtlich nervös, als er am Samstagnachmittag die Treppen zu Steffis Wohnung hochsprang. Wie würde sie ihm begegnen? Traute er sich überhaupt, ihr unter die Augen zu treten? Er fühlte sich immer noch schuldig.
Doch seine Ängste lösten sich in Luft auf, als ihm Steffi - entgegengesetzt seiner Erwartung - schwungvoll und scheinbar gut gelaunt die

Tür öffnete. Lächelnd stand sie in ihrem rosa Seidenbademantel und mit nassen Haaren vor ihm und bat ihn herein.
„Sorry, dass ich noch nicht ganz fertig bin, habe grad geduscht."
„Kein Problem!", erwiderte Timo.
„Lass uns in die Küche setzen, ich habe uns da schon zwei Becher Kaffee und ein paar Croissants hingestellt."
„Du kannst dich auch erst anziehen und dir die Harre föhnen, wenn du magst, ich kann warten."
„Ne, ist schon OK so. Meine Haare lasse ich ja eh an der Luft trocknen, wie du weißt. Oder hast du das etwa schon vergessen?" Steffi kniff Timo neckisch in die Taille und zwinkerte ihm mit einem Auge zu. Und während sie in die Küche ging, sagte sie noch mit etwas lauterer Stimme: „Und anziehen tue ich mich nachher erst richtig, bevor ich mit Ilka zu dieser Party gehe."
Timo folgte ihr in die Küche. Als er eintrat, streckte ihm Steffi schon einen Becher mit Kaffee entgegen. Dann nahm sie sich selbst einen, verschränkte den freien Arm unter ihrer Brust und lehnte sich mit ihrem Becken seitlich an den Herd. Mit funkelnden und lebhaften Augen strahlte sie Timo an.
„Und du vögelst nun also meine Schwester? So, so. Hast du sie auch schon zu so einem Luder wie mich erzogen?" Sie kicherte leicht.
Mit so einer Unterhaltung hatte Timo überhaupt nicht gerechnet. Kein Anzeichen von Traurigkeit oder Wut. Versteckte sie ihre wahren Gefühle, oder war sie schon über ihn hinweg? Er war zwar froh darüber, dass sie gut drauf war, aber diese intimen Fragen gingen ihm dann doch zu weit.
„Also, ähm, eigentlich bin ich gekommen, um mit dir über was anderes zu reden."
„Ja, ja, ich weiß." Steffi winkte mit der einen Hand ab und nahm einen großen Schluck Kaffee, bevor sie weiterredete: „Hanna hat mir ja alles erzählt, ihr liebt euch, wollt zusammen sein und bla, bla, bla halt. Sie verdrehte die Augen und wirkte etwas aufgesetzt. Timo war jetzt klar, dass sie sich vor ihren Gefühlen schützen wollte.
„Also gibt `s für dich eigentlich keinen Redebedarf mehr?" Er schaute

Steffi überrascht an.

„Ach, eigentlich nicht. Weißt du, ich poppe seit letztem Wochenende mit Markus und hab` grad andere Sorgen."

Timo traute seinen Ohren nicht. „Meinst du meinen Kollegen?"

Steffi lachte wieder. „Ja, genau der."

Timo fiel die Kinnlade herunter.

„Sorry, wenn dich das jetzt trifft, aber du hast ja nun selbst festgestellt, was einem so alles im Leben widerfahren kann."

„Äh, ja. Wie ist es denn dazu gekommen?" Diese Frage fand Timo berechtigt, schließlich wusste Steffi ja nun auch so einige Details.

„Auf Lukas Party am letzten Wochenende. Er ist ja mit Lukas befreundet, wie du weißt. Du wolltest ja nicht kommen."

„Nein, ich dachte, es wäre besser so, da wir noch nicht gesprochen hatten."

„Ach, Schätzchen, mach dir um mich mal keine Sorgen. Allerdings kannst du es mir besser besorgen als Markus." Verschwörerisch schaute Steffi Timo in die Augen und fuhr dabei mit zwei Fingern an seinen Arm entlang. Dann führte sie ihre beiden Hände zur Schleife, die ihren Bademantel zusammenhielt und löste diese. Es entstand ein kleiner Spalt und Timo konnte erkennen, dass Steffi darunter weiße Spitzendessous mit rosa Blumenverzierungen trug.

„Willst du mehr sehen?" Steffi hatte den erotisch-lasziven Blick wirklich gut drauf. Damit hatte sie ihn immer gekriegt.

„Steffi, ich glaube nicht, dass das so eine gute Idee ist."

„Ach, komm schon, seit wann bist du so zurückhaltend?" Sie rieb mit beiden Handflächen leicht an Timos Armen auf und ab.

„Ich, ich bin jetzt halt mit Hanna zusammen." Trotzdem merkte Timo, wie sich sein Schwanz zu härten begann. Der Sex mit Hanna war zwar sehr erfüllend für ihn, auch wenn Hanna sehr schüchtern im Bett war, aber er musste sich dennoch eingestehen, dass er manchmal den harten, offenen Sex mit Steffi vermisste. Nun hatte er die Chance dazu.

„Sei nicht so ein Spielverderber." Steffi streifte ihren Bademantel ab und ließ ihn zu Boden fallen.

Sofort sprangen Timo Steffis dicke Titten und ihr ausladendes Becken ins Auge und er verspürte sofort wahnsinnige Lust, intim mit ihr zu werden.
Steffi sah es Timo an und sagte selbstbewusst: „Ich weiß, dass es dir gefällt." Dann nahm sie Timos Hand und führte sie an ihre linke Brust. Timos Erregung stieg. Besonders als Steffi nun von außen seine Latte zu massieren begann, und Steffi sich dichter an ihn schmiegte.
„Siehst du, er will auch", flüsterte sie Timo ins Ohr. „Besorg`s mir so richtig. Nur dieses eine Mal noch. Ich verspreche dir, ich lasse dich danach in Ruhe." Steffi wartete nicht ab, ob Timo einwilligen würde, sondern öffnete gleich ihren BH und stand dann barbusig vor Timo. „Leck` sie ruhig, Süßer."
Timo wurde von seiner Lust gesteuert. Er knickte seine Knie etwas ein, um mit seinem Mund an Steffis harte Knospen zu kommen, streckte dann seine Zunge heraus und begann Steffis rechte Knospe zu züngeln.
„Jaaa, das machst du gut." Steffi wuschelte in Timos Haaren, während dieser nun abwechselnd an ihren beiden Brustwarzen leckte und dabei seine Hose öffnete. Kurz ließ er dann von ihren Brüsten ab, um sich seine Hose samt seiner Unterhose auszuziehen. Als er sich danach wieder Steffi zuwendete, fummelte diese an seinem T-Shirt und zog es ihm über den Kopf. Anschließend streifte Steffi ihren Slip ab und ging in die Hocke, um an Timos Schwanz zu lecken. Sie wusste, wie er es mochte. Wusste Hanna das auch? Sie schob den Gedanken schnell wieder beiseite und konzentrierte sich auf Timos Eichel, an der sie nun genüsslich lutschte, bevor sie sein ganzes Glied in ihrem Mund verschwinden ließ. Natürlich wollte sie ihm jetzt keinen blasen, daher musste sie aufpassen, ihn hier unten nicht zu lange zu verwöhnen, sonst wäre die Gefahr zu groß, dass er zu schnell kommen würde. Also stand sie wieder auf, beugte sich mit ihrem Oberkörper über den Herd und streckte Timo ihr prächtiges Hinterteil entgegen. Dann befahl sie ihm: „Nimm mich. Fick mich richtig durch."
Steffi liebte schmutzige Wörter und Anweisungen beim Sex. Timo törnte das immer so richtig an. Daher nahm er Steffis Aufforderung

gern an und fasste mit beiden Händen links und rechts an Steffis Pobacken und zog sie leicht auseinander. Nun konnte er ihren After und ihre roten, gehärteten Schamlippen sehen, aus denen bereits lustvoller Saft quoll. Gern wäre er jetzt in sie eingedrungen, aber er wollte Steffi noch heißer machen. Also ging er in die Hocke und leckte einmal großflächig über ihre Schamlippen und lutschte dabei ihren Saft ab.

„Oh ja, leck` mich!", hörte Timo Steffi von oben jammern. Dann richtete er sich wieder auf und steckte seine Eichel zwischen ihre Schamlippen, um zwischen diesen hin und her zu reiben.

„Gibt`s mir jetzt endlich! Bums mich!", flehte Steffi weiter.

Ja, genauso wollte Timo es. Steffi sollte um seinen Schwanz betteln. So hatte sie das immer getan. Bei Hanna waren solche Spielchen nicht drin. Schnell verdrängte Timo seinen Gedanken an Hanna wieder und stieß kräftig in Steffis Muschi hinein und zog seinen Schwanz danach sofort wieder raus.

Steffi schrie laut auf: „Ja, weiter, bums` mich, fick` mich durch!"

„Ja? Willst du meinen Schwanz? Willst du ihn so richtig, du Schlampe?"

„Ja, fick` meine Muschi, sie hat Hunger!", stöhnte Steffi zurück.

Und dann begann Timo zu rammeln. Er wurde bei jedem harten, klatschenden Stoß gegen Steffis dicken Po immer geiler und grunzte dabei laut.

„So ist gut, ja, so ist gut", wiederholte Steffi immer wieder.

Doch plötzlich stoppte Timo und hechelte: „Dreh dich um und setz dich auf den Tisch, ich will dich von vorn ficken!"

Steffi gehorchte ihm und setzte sich auf den Tisch, zog ihre Knie hoch und spreizte ihre Beine, so dass Timo ihre Muschi sehen konnte. Ihre Schamlippen waren gerötet und leicht geöffnet, so dass er in ihr nasses Inneres blicken konnte.

„Oh Mann, bist du feucht." Timo ging kurz in die Knie, um noch einmal an Steffi Schamlippen zu lecken und in ihre Vagina zu züngeln. Dann kam er wieder hoch, fasste an ihre Oberschenkel und zog ihren Unterleib weiter zu sich heran, bis er gut in sie eindringen konnte.

Doch bevor er das tat, frage er sie noch spielerisch: „Willst du von mir so richtig durchgefickt werden, Baby?"
„Ja, mach schon!"
Dann drang Timo in Steffi ein und vögelte sie so hart, dass ihre Titten nur so hin und her wackelten. Timo geilte das noch mehr an und er spürte, dass er sich nicht mehr zurückhalten konnte. Er würde gleich kommen, wollte aber noch ein letztes Mal Steffis dicke Busen genießen. Also lutschte er zwischendurch immer wieder an ihren harten Brustwarzen.
Steffi hielt sich mit beiden Händen links und rechts am Tisch fest, um Timos Stößen Widerstand bieten zu können. Sie hatte ihren Kopf zurückgeworfen und stöhnte, wie immer, sehr laut. Dann kam sie und ihr Stöhnen verwandelte sich in ein helles, quiekendes Schreien. Timo spürte die durch den Orgasmus verursachten Muskelkontraktionen in Steffis Vagina. Dadurch wurde sein Schwanz nochmal so richtig schön massiert und stimuliert, und dann kam auch er. Mit einem erleichternden, lauten Stöhnen spritze er in Steffi ab und ließ seinen Kopf nach vorn auf ihre Schulter fallen. Kurz blieb er dann noch in ihr stecken, bis er wieder ruhiger atmen konnte, richtete sich dann auf und zog seinen Penis aus ihrer Vagina.
Steffi brachte ihren Oberkörper nun wieder nach vorn und lächelte Timo befriedigt an. Dabei fuhr sie mit ihren langen Nägeln über seinen gestählten Oberkörper und sagte zu ihm: „Du warst gut, das habe ich gebraucht."
Timo reagierte darauf nicht. Er fühlte sich zwar befriedigt, aber nicht gut. Langsam machte sich sein schlechtes Gewissen bemerkbar. Er schnappte seine Sachen und verschwand damit ihm Bad. Als er angekleidet wieder herauskam, hatte auch Steffi ihren Bademantel wieder angezogen. Sie standen nun im Flur und Timo wollte sofort verschwinden.
„Ich geh` jetzt und ich glaube, es ist keine gute Idee, wenn wir uns noch einmal wieder sehen."
„Meinst du? Ich glaube schon, dass du dich schon bald wieder nach meinen dicken Titten und meiner feuchten Mumu sehnen wirst."

Steffi blickte ihn verführerisch an und strich ihm wieder über seinen Arm.

„Ich glaube nicht."

Steffi ging darauf nicht ein, stattdessen sagte sie: „Erinnerst du dich noch? Nach 15 Minuten haben wir meistens nochmal eine zweite Runde eingelegt."

„Ja, aber diesmal nicht. Den Rest kann dir Markus besorgen."

„Du bist also eifersüchtig?" Steffis Augen blickten ihn groß an.

„Ach so, das wolltest du also bezwecken? Mich mit Markus eifersüchtig machen?"

„Nein, nicht wirklich, eigentlich brauche ich nur einen neuen Stecher, und naja, ich gebe zu, etwas Ablenkung, um über dich hinweg zu kommen."

„Ich gehe jetzt." Timo drehte sich zur Tür.

Doch Steffi ließ ihn nicht gehen. „Gefällt Hanna dein harter Fick auch?"

Timo wandte sich ihr wieder zu: „Steffi, lass` gut sein, ich habe kein Interesse daran, dir intime Details aus meinem und Hannas Sexleben mitzuteilen." Damit drehte er sich um, öffnete die Haustür und ging ins Treppenhaus. Ohne sich nochmal umzudrehen, trabte er dann die Treppen hinunter. Steffi streckte ihm die Zunge hinterher.

Timo fuhr anschließend zu seinem Lieblingsplatz, ein ruhiges Fleckchen an einem nahgelegenen See, wo er nachdenken konnte. Er hatte einen großen Fehler gemacht. Er liebte Hanna, daran konnte auch der Sex mit Steffi nichts ändern, und er versprach sich selbst, Steffi nie wieder allein zu treffen, weil er Angst hatte, dann wieder schwach zu werden, denn Steffi würde es mit Sicherheit immer wieder drauf anlegen. Hanna würde er nichts von seinem Ausrutscher erzählen. Dann fuhr er nach Hause, wo Hanna schon auf ihn wartete...

4. Swingerclub-Neuling

Ich bin sexbesessen. Das ist mir seit spätestens letztem Mai klar, denn bis dahin war kein Wochenende vergangen, an dem ich keinen One-Night-Stand gehabt hatte. Nun ist es bereits Februar und ich komme fast keinen Tag mehr ohne Sex aus. Wird meine Lust nicht befriedigt, bin ich unkonzentriert und gereizt und meine Gedanken drehen sich nur noch um Sex. Einen Freund habe ich nicht und an einer festen Beziehung bin ich nicht interessiert, denn mich törnt es einfach an, mit verschiedenen Männern Sex zu haben, und welcher Partner macht das schon mit?
Um meine mittlerweile tägliche Lust zu stillen, entschied ich mich im November einen Swingerclub aufzusuchen. Ich war bis dahin noch nie in einem Swingerclub gewesen, doch die Möglichkeit, meine Lust jeden Tag befriedigen zu können, reizte mich ungemein. Zwar ging ich hin und wieder auch werktags in Clubs und Bars, allerdings musste ich dort erst einmal einen passenden Partner finden, der mit mir Sex haben wollte, und dies gestaltete sich nicht immer einfach. Ich zog es daher dann meistens vor zu masturbieren, so wurde meine Lust schneller gestillt. Doch so richtig befriedigen konnte mich nur der echte Sex. Im Internet hatte ich mich daher nach mehreren Swingerclubs in unserer Stadt erkundigt und fand den „Lust-Club" auf Anhieb sehr ansprechend. Dieser ist mittlerweile auch mein Stamm-Swingerclub und ich besuche ihn fast jeden Abend. Die Besuche kann ich mir gut leisten, denn der Eintritt für Single-Frauen ist hier kostenlos.
Am geilsten war natürlich mein allererster Tag, oder besser gesagt mein erster Abend, denn durch meine Aufgeregtheit waren meine Sinne aufs Äußerste gespannt und ich erlebte den Sex dadurch besonders intensiv. An diesem ersten Abend entschied ich mich nicht gleich komplett nackt herumzulaufen, sondern mit Dessous. Auffallen würde ich als Neuling und mit meiner guten Figur, meinen blonden Haaren und meinen blauen Augen sowie meinem Schmollmund und meinen üppigen Brüste sowieso. Also wählte ich einen schwarz-weiß

gestreiften BH mit besetzten Nieten rundherum und einen dazu passenden String-Tanga. Meine knallroten Spitzen-Dessous hätte ich zu auffällig gefunden, schwarz fand ich dezenter.

Am Empfang wurde ich von einer hübschen, aber stark geschminkten Dame mit schwarzen langen Haaren und Lackbekleidung freundlich begrüßt. Kurz befürchtete ich, dass ich hier in einem Domina-Club gelandet war, aber als sie mich mit „Willkommen im Lust-Club" begrüßte, wusste ich, dass ich richtig war. Die Dame stellte sich als Tamara vor und zeigte mir als Erstes die Umkleideräume, wo ich mich um- bzw. ausziehen konnte. Nachdem ich meine Sachen im Spint verstaut hatte, führte mich Tamara herum und erklärte mir dabei alles ausführlich. Es waren noch nicht viele Besucher im Club. Tamara versicherte mir aber, dass es gegen 20 Uhr voller werden würde.

Als Erstes führte sie mich zur Bar, dem zentralen Treffpunkt im Swingerclub. Hier saß bereits ein in Unterwäsche gekleidetes Pärchen. Ich schätzte die beiden so auf um die 30, also in meinem Alter. Der Mann erinnerte mich ein wenig an Ken von Barbie, denn er war sehr gut gebaut, hatte blonde kurze Haare und ein markantes Gesicht. Nur schade, dass er eine Boxershorts trug, gern hätte ich einen Blick auf sein bestes Stück geworfen. Seine Partnerin hatte schulterlange, braune Haare mit einem Pony, der ihr tief und sexy in die Augen fiel. Mir gefiel ihr Outfit: Sie trug ein verführerisches Korsett im Tigermuster mit schwarzen Rüschen über der Brust und passend dazu Plateau-High-Heels, ebenfalls im Tigermuster.

Als Tamara und ich an den beiden vorbeigingen, begrüßten sie uns mit einem offenen „Hallo", und ich konnte hören wie sie ihm zuflüsterte: „Die ist heiß, oder Schatz?"

Als Nächstes führte mich Tamara ins Wohnzimmer, das vom Barzimmer abging und sehr gemütlich eingerichtet war. Mehrere Sessel und Sofas standen so angeordnet im Raum, dass man von ihnen einen guten Blick auf den großen Flachbildfernseher hatte. Hier im Wohnzimmer befand sich auch ein Pärchen, diesmal vielleicht so zwischen vierzig und fünfzig Jahren. Sie saßen nackt auf dem hintersten Sofa und schauten sich den Porno an, der gerade auf dem Bildschirm lief.

Dabei massierte die Frau das beste Stück ihres Partners und lutschte hin und wieder an ihm.

Ich nickte den beiden zu und schaute mir dann kurz die gerade laufende Porno-Szene an, in der eine Frau vor einem Mann hockte und ihm einen blies, während sie von hinten von einem anderen gebumst wurde. Darauf hatte ich jetzt auch wahnsinnige Lust! Es wurde Zeit, dass ich loslegen konnte! Doch ich hatte noch nicht alle Räume gesehen. So gingen Tamara und ich wieder zurück zur Bar, an der nun auch ein älterer Herr saß. Er schien so um die sechzig zu sein und hatte einen leichten Bierbauch und einen Schnauzer. War klar, dass er mich als „Neue" von oben bis unten interessiert musterte.

Tamara blieb im Barzimmer an einer Glastür stehen, die auf die Terrasse und zu einer davorliegenden Wiese mit Bäumen führte, und begann zu erzählen: „Wer es gerne in der Natur mag, kann sich hier frei austoben und dabei die Bäume zu Hilfe nehmen oder sich hinter diesen verstecken, wenn man ungestört sein will. Dort hinten befinden sich dann auch unsere Sauna, der Whirlpool und das kleine Schwimmbecken, wie du siehst. Überall kannst du Sex haben. Jetzt im Winter ist der Außenbereich aber eher weniger interessant, eher nur die Sauna und der Whirlpool. Die Wiese wird im Sommer übrigens rege benutzt. Ich würde jetzt gern noch mit dir da rüber gehen, aber erfahrungsgemäß kommt gleich der Gästeansturm und da würde ich gern wieder vorn an der Rezeption sein."

Mir war das nur recht, denn meine Lust ließ sich kaum noch unter Kontrolle halten. Am liebsten wäre ich gleich auf der Stelle gefickt worden. Und so nahmen wir dann die Treppe nach oben, wo sich der sogenannte Vergnügungsbereich befindet, also die verschiedenen Themenräume. Alle Räume gehen hier wie in einem Hotel links und rechts vom langen Gang ab.

„Hier rechts haben wir gleich das Spiegelzimmer. Da gehen wir jetzt nicht rein, weil ich weiß, dass Svenja und Thomas sich darin grad vergnügen. Und hier links", Tamara öffnete die Tür zu ihrer Linken, „befindet sich der Gynäkologische Stuhl. Also, wenn du gern gefingert wirst, ist dies ein sehr guter Ort dafür." Tamara zwinkerte mir zu, und

ich schaute kurz in den Raum hinein. Dann zeigte sie mir noch schnell die anderen Zimmer. Natürlich gab es auch eins mit Spielwiese, in dem mehrere große Matratzen nebeneinander lagen. Am meisten gefallen hatte mir damals aber der Darkroom, denn die Vorstellung, von einem Unbekannten im Dunkeln einfach durchgefickt zu werden, den ich nicht richtig sehen konnte, machte mich wahnsinnig heiß. Aber auch der SM-Raum törnte mich an. Unter anderem gab es hier eiserne Hand- und Fußfesseln, die in der Wand verankert waren und natürlich auch Ketten, Peitschen, Augenmasken, Dildos, einen Strafbock und so weiter.
„Naja, du kannst dich ja auch allein ein bisschen umschauen. Die meisten Kontakte wirst du in der Bar knüpfen können. Ich geh` mal wieder runter."
Somit stand ich nun allein in dem „Vergnügungsgang" und entschied mich, erst einmal zur Bar hinunter zu gehen, um zu schauen, wer da noch so alles kam und setzte mich spontan neben das Ken-Tiger-Pärchen, da die beiden mich so freundlich begrüßt hatten. Beide nippten noch an ihrem Cocktail, doch als ich neben dem Tiger-Mädel Platz genommen hatte, sprach sie mich sofort an: „Du bist neu hier, oder?"
„Ja, und ihr seid demnach wohl schon öfters hier gewesen?"
„So sieht`s aus, wir sind seit einem Jahr Stammgäste."
Da ich mich ja nun in einem Swingerclub befand, konnte ich ja eigentlich auch offen über Sex reden. So dachte ich jedenfalls und fragte die beiden: „Treibt ihr es nur untereinander oder auch oft mit anderen Swingern?"
Beide schauten sich verblüfft an und schienen etwas peinlich berührt zu sein. Trieb man es hier etwa nur, aber sprach nicht drüber? Ich hatte eigentlich mit einem Schwall von Erfahrungsberichten gerechnet, aber nicht mit so einer zurückhaltenden Reaktion. Das Tiger-Mädel antwortete dann auch nur knapp: „Ähm, also, naja, mal so, mal so."
Wir beließen es erst einmal bei dieser Unterhaltung und schauten auf den Gang, der von den Umkleidekabinen zum Barzimmer führte. Im-

mer mehr Swinger kamen herein. Meistens waren es Paare im Alter zwischen, so schätzte ich, dreißig und fünfzig. Zwischendurch kamen aber auch Singles herein, und zwar ausschließlich Männer, ebenfalls in unterschiedlichen Altersklassen. Single-Frauen sah ich keine. Dass mehr Solo-Männer als Frauen kommen würden, hatte ich mir schon gedacht, aber gar keine? Das verwunderte mich dann doch etwas.

„Ich heiße übrigens Kim und mein Freund Stefan", hörte ich das Tiger-Mädel dann plötzlich hinter meinem Rücken sagen.

Ich drehte mich wieder zu ihr um und stellte mich dann auch vor: „Ich bin Sarah. Freut mich." Das Handgeben sparte ich mir, schließlich waren wir ja hier nicht auf einem geschäftlichen Treffen. Stattdessen redete ich weiter: „Es wird ja immer voller, aber mich wundert, dass keine Single-Frauen kommen."

„Nein, das ist eher selten. Daher veranstaltet der Club hin und wieder Gang-Bang-Partys, zu denen extra heiße Frauen eingeladen werden. Kostet dann natürlich für „Mann" auch dementsprechend mehr."

„Geht Stefan auch zu den Gang-Bangs?" Ich fragte das mit einem Lachen, weil es eher ein Witz von mir war, trotzdem fand Kim meinen Kommentar wohl unpassend, denn sie erwiderte ziemlich entrüstet: „Natürlich nicht!"

Da war ich wohl wieder in ein Fettnäpfchen getreten. Ich hatte echt gedacht, dass es in so einem Club lockerer zugehen würde und sparte mir daher die nächste Frage, ob ich mir Stefan mal ausleihen dürfte, fürs Erste und begutachtete wieder die anderen Gäste. Mir fielen dabei zwei Herren auf, die etwa zehn Jahre älter als ich zu sein schienen und vermutlich zusammen hierhergekommen waren. Beide spazierten nackt herum, so dass ich gut ihre Figur und ihr bestes Stück begutachten konnte. Der eine war schlank und groß und hatte schon im hängenden Zustand eine beachtliche Männlichkeit. Der andere war etwas kleiner und kräftiger und hatte eine beharrte Brust. Ich mochte beharrte Brüste, aber ich stand nicht so besonders auf seine schwarzen, nach hinten gegelten Haare. Da gefielen mir die ohrlangen, blonden Haare des schlanken Typen schon besser. Die beiden

saßen an einem runden Hochtisch, gut drei Armlängen von mir entfernt, und schauten immer wieder interessiert zu mir herüber.
Viele der anderen Gäste hielten sich erst gar nicht an der Bar auf, sondern verschwanden gleich nach oben oder ins Fernsehzimmer. Der ältere Herr, der kurz nach mir gekommen war, saß immer noch am Ende der Bar und schaute ebenfalls immer wieder zu mir herüber. Seine grauen, lichten Haare hatte er so über seinen Kopf geschleimt, dass seine Haare seine Glatze überdecken sollten, was nicht wirklich gelang. Dafür war sein Schnauzer sehr gut gepflegt. Genau solche Herren hatte ich hier zuhauf erwartet. Gott sei Dank stellte sich langsam heraus, dass dies nicht so war.
Es war Zeit für mich, befriedigt zu werden, und so stand ich auf und verabschiedete mich von Kim und Stefan: „Also, ihr beiden, ich werde mich nun mal vergnügen gehen. Vielleicht kommen wir ja auch nochmal in den Genuss." Ich zwinkerte ihnen zu, wartete aber nicht ab, wie sie reagieren würden, sondern behielt die beiden Männer im Blick, als ich mich auf den Weg nach oben machte. Ich lächelte ihnen zu und sie nickten zurück. Mir war klar, dass sie das nun als Aufforderung auffassen würden und ich sicherlich nicht lange würde warten müssen, bis sie mir folgen würden.
Oben im Vergnügungsgang angekommen, entschied ich mich für den Darkroom, auch wenn ich ja nun wusste, wie meine beiden Stecher wohl aussehen würden. Schnell zog ich meine Dessous aus, hängte sie an einen Haken neben der Tür und öffnete sie dann einen Spalt. Ein schmaler Lichtstrahl flutete in den sonst tiefdunklen Raum, und ich konnte erkennen, dass sich dort schon ein Pärchen vergnügte. Zügig schloss ich die Tür wieder hinter mir und blieb erst einmal stehen, um meine Augen an die Dunkelheit zu gewöhnen. Nach ein paar Sekunden nahm ich Schemen wahr, und soweit ich es erkennen konnte, lutschte die Frau gerade am Schwanz des Mannes.
Sofort sprach mich der Mann an: „Du kannst gern mitmachen, wenn du willst."
Das ließ ich mir nicht zweimal sagen. Ich setzte mich neben die beiden und hatte sofort eine feste männliche Hand auf meinem rechten

Oberschenkel sitzen, die mich gleich zu streicheln begann. Als die Hand an meinen großen Brüsten angekommen war, streckte ich sie hervor und hielt sie dem Mann ins Gesicht, woraufhin er genüsslich an meinen Brustwarzen saugte. Ich stieß einen Freudenseufzer aus und wollte mehr, doch darauf musste ich nun warten, denn die Frau setzte sich jetzt auf ihren Partner und ritt ihn wild und stöhnend. Aber ich hatte Glück, die Tür öffnete sich, und jemand trat ein. Es ging so schnell, dass ich nicht erkennen konnte, wer es war. Ich spürte aber, wie sich die neu dazugekommene Person hinter mich setzte und meinen Rücken zu streicheln begann. Auf alle Fälle war es ein Mann und dieser schnaubte stark. In diesem Moment wusste ich, dass es sich um den alten Herrn mit der Glatze handeln musste, aber das war mir egal, denn ich war so heiß, dass ich jetzt einfach nur gefickt werden wollte. Und ehrlich gesagt, törnte es mich in dieser Situation auch irgendwie an, von einem alten gierigen Bock durchgenommen zu werden. Also beugte ich mich nach vorn, stützte mich auf meine Hände und streckte ihm meinen Hintern entgegen. Wenn schon animalisch, dann richtig, schoss es mir durch den Kopf.

Der Alte nahm meine Position dankend an und drückte seinen Unterleib an mein Hinterteil. Ich konnte seinen mittelharten Schwanz fühlen, den er nun immer wieder zwischen meinen Pobacken und meinen Schamlippen entlang rieb. Sein Schwanz wurde dabei immer härter, und ich wartete ungeduldig darauf, dass er in mich eindringen würde. Doch stattdessen stoppte er und fragte mich schnaufend, ob er mich zuerst lecken dürfe.

„Ja, aber fick mich dann ganz schnell, ich halt es sonst nicht mehr aus!", erwiderte ich jammernd.

„Das werde ich!", entgegnete er daraufhin und begann mich zu lecken. Erst fuhr er mit seiner Zunge vorsichtig an meinen Schamlippen entlang, dann wurde er forscher und sog an ihnen, bis er letztendlich seine Zunge in meine Muschi steckte und in ihr wild herumzüngelte.

„Du bist so geil, deine Muschi ist so lecker", wiederholte er immer wieder keuchend zwischen meinen Beinen.

Mir dauerte es zu lang, doch noch bevor ich sagen konnte: „Nimm mich endlich", drang er auch schon in mich ein.
Ich stieß ein lautes Stöhnen aus und genoss die langsamen, aber tiefen Stöße. Ich hatte erwartet, dass der Alte einen kleinen Penis haben würde, weil er so eine dicke Wampe hatte, aber sein Schwanz schien schon eine beachtliche Größe zu haben, denn ich fühlte eine antörnende Dehnung in meiner Vulva. Und genau das brauchte mein Fötzchen jetzt! Eine intensive Schwanzmassage! Endlich wurde es gefüttert und schmatzte hörbar bei jedem Stoß! Ich liebte dieses Geräusch! Es machte mich jedes Mal noch geiler!
Ich war mittlerweile so erregt, dass ich nicht mitbekommen hatte, dass inzwischen ein paar mehr Swinger hereingekommen waren. Erst als ich eine Hand an meinem Kopf spürte, lenkte ich meine Aufmerksamkeit wieder auf das Geschehen im Darkroom. Das Pärchen neben uns schien bereits gegangen zu sein, dafür hörte ich jetzt lautes Stöhnen und rhythmische, schmatzende Klatschgeräusche etwas weiter hinten im Raum. Dann spürte ich, wie die streichelnde Hand von meinem Kopf hinunter zu meinem Brüsten wanderte, und ich konnte eine schemenhafte männliche Figur erkennen, die aufrecht vor mir kniete und mir seine stolze Männlichkeit präsentierte. Ich war mir ziemlich sicher, dass es der große Blonde sein musste und konnte es gar nicht abwarten, sein langes, steifes Stück in den Mund zu nehmen.
„Komm dichter, ich will ihn lutschen", gab ich ihm dann auch gleich zu verstehen.
Der Blonde hatte nur auf meine Aufforderung gewartet und robbte etwas dichter. Seine Penisspitze berührte dabei meinen linken Mundwinkel, und ich streckte sofort gierig meine Zunge heraus, um mit seiner Eichel zu spielen. Dann lutschte ich an ihr wie an einem Lolli.
Dem Blonden schien das zu gefallen, denn er stieß einen erleichternden Seufzer aus und schob dabei sein beachtliches Stück langsam in meinen Mund. Doch weder er noch ich mussten etwas tun, um seinen Schwanz weiter oral zu verwöhnen, denn die mittlerweile kräftigen Stöße des Alten ließen mich nach vorn schnellen, so dass die Lat-

te des Blonden automatisch in meinen Mund geschoben wurde. Mir wurde dabei schlagartig bewusst, dass ich hier grade zum ersten Mal Sex mit zwei Männern hatte! Und zwar genau in der gleichen Stellung wie vorhin im Pornofilm! Als mir das klar wurde, explodierte ich fast vor Geilheit! Erst recht, als der Alte nun immer schneller wurde und mich mit seinen Stößen kräftig nach vorn katapultierte, so dass ich mich fast an dem Schwanz des Blonden verschluckte. Aber das war mir egal, denn der Hodensack des Alten schleuderte einfach so stimulierend gegen meinen Kitzler, dass ich auf der Stelle kam. Meine Vulva zuckte und zog sich so stark zusammen wie sie es bei meinen bisherigen Höhepunkten noch nie getan hatte, und mein lauter erlösender Schrei wäre sicherlich auch der bisher lauteste gewesen, wenn ich nicht die harte Latte des Blonden im Mund gehabt hätte. So wurde der Schrei gedämpft und es kamen nur gurgelnde Laute aus meiner Kehle. Vielleicht auch besser so. Wahrscheinlich hätten die anderen Anwesenden sonst gedacht, dass da gerade jemand abgeschlachtet wird.
Kurz nach meinem Orgasmus kam dann auch er Blonde. Ich spürte, wie sein Schwanz in meinem Mund kontrahierte und dann abspritzte. Gierig schluckte ich seinen salzigen Saft und lutschte seine Stange danach genüsslich ab. Als sie dann erschlaffte, zog der Blonde sie aus meinem Mund. In diesem Moment kam auch der Alte endlich. Er krallte sich fest in meinen straffen Po und zog dabei meine Pobacken leicht auseinander, so dass auch meine Schamlippen gespreizt wurden. Das Eindringen des Schwanzes nahm ich dadurch nun noch viel intensiver war, auch wenn sich meine Muschi schon leicht wund anfühlte. Das störte mich aber überhaupt nicht, ganz im Gegenteil, dieses Gefühl erregte mich sogar schon wieder, und ich hätte wahrscheinlich auch schon bald meinen nächsten Orgasmus gehabt, wenn der Alte jetzt nicht gekommen wäre. Keuchend ließ er bei seinem Höhepunkt seinen Schwanz in mir stecken, dann zog er sein Ding wieder aus mir heraus, klatschte mir auf den Hintern und lobte mich: „Deine Möse ist der Hammer! Ich würd` dich gern mal wieder knallen! Kommst du jetzt öfters?"

Es war schon komisch. Ich hatte mich vor dem Sex ja gar nicht mit ihm unterhalten und nun sprachen wir miteinander, ohne uns zu sehen.
„Ja, von mir aus", gab ich dann gelangweilt zurück. Als ich vorhin noch so heiß gewesen war, hatte es für mich keine Rolle gespielt, wer mich da begattete. Aber jetzt, da ich befriedigt war, überkam mich ein Schauer bei dem Gedanken daran, dass ich soeben mit so einem unattraktiven Kerl Sex gehabt hatte. Auf solche Typen wie der Alte stand ich überhaupt nicht. Mich wunderte aber eh schon seit längerem, wozu mich Geilheit jedes Mal treiben konnte, denn die meisten Männer, mit denen ich in den vergangen Monaten One-Night-Stands gehabt hatte, waren nicht annähernd mein Typ gewesen.
Der Alte hatte den Unterton in meiner Stimme wohl wahrgenommen und verließ sofort den Raum. Anders verhielt sich der Blonde. Er wartete, bis der Alte gegangen war und sprach mich dann an: „Hast du Lust mit mir zur Bar oder in den Whirlpool zu kommen? Da können wir uns entspannen und ein bisschen plaudern, wenn du magst?"
„Ja klar, gern!", willigte ich sofort ein.
So standen wir auf und gingen dann nach draußen ins Licht. Hier stellten wir uns einander erst einmal vor.
„Ich bin David!" Mit breitem Grinsen streckte er mir förmlich seine Hand entgegen. „Und danke für den Blowjob!" Er lachte kurz auf.
Ich winkte ab. „Keine Ursache. Die Freude war ganz meinerseits!" Dann gab ich ihm lächelnd meine Hand und stellte mich ebenfalls vor: „Ich bin Sarah." Anschließend fischte ich meine beiden Dessousteile vom Haken, zog sie mir aber nicht mehr an, denn nach dem Fick war ich nun ganz entspannt und es machte mir überhaupt nichts mehr aus, hier entblößt herumzulaufen, zumal auch der David nackt war. Zwar bemerkte ich weiterhin die neugierigen Blicke der an uns Vorbeilaufenden, aber das war mir jetzt egal.
David und ich entschieden uns, draußen in den Whirlpool zu steigen. Also huschten wir schnell die Treppe zum Barzimmer hinunter, das mittlerweile gut mit Swingern gefüllt war, und gingen hinaus auf die Terrasse. Es war bitterkalt, schließlich war es November, aber der

Weg zum schön heißen Whirlpool war kurz und wir hatten ihn jetzt noch ganz für uns allein.
Sobald wir uns gesetzt hatten, fragte ich David: „Wo hast du denn deinen Freund gelassen?"
„Du meinst den kleinen Dicken? Das ist Dirk, mein Schwager."
Meine Augen weiteten sich und aus mir sprudelte ein empörtes „Wie bitte?" heraus. Ich muss dabei wie ein Pferd ausgesehen haben, denn David lachte mit zurückgeworfenem Kopf herzhaft auf.
„Sorry, dass ich so lache, deine Reaktion sah grad so lustig aus."
„Ähm, also ehrlich gesagt, bin ich zum ersten Mal in so einem Club und hatte nicht erwartet, dass es hier auch Fremdgeher gibt!"
„Wer sagt denn, dass ich ein Fremdgeher bin? Meine Frau ist damit einverstanden!"
„Okaaay…" Damit hatte ich jetzt nicht gerechnet, auch wenn es mir klar war, dass es offene Beziehungen gab.
„Ihr genügt der Sex mit mir und sie mag es nicht, wenn andere zuschauen. Und schon gar nicht mag sie mich in Ekstase mit anderen sehen." Er kicherte wieder.
„So, so. Aber berichten tust du ihr dann schon?"
„Ja, sicher, das gehört zum Vertrauen dazu."
„Dann erzählst du ihr also auch, dass dir heute unter anderem eine Blondine einen geblasen hat?"
Er lachte wieder laut auf. Dabei stiegen ihm Tränen in die Augen.
„Was ist so komisch?" Ich fühlte mich etwas beleidigt.
„Naja, tut mir Leid, aber du bist hier in einem Swingerclub. Hier ist sowas normal."
„Ja, schon, aber ich dachte, dass beide Partner sexuell gleich gesinnt sein müssten, damit eine Beziehung funktionieren kann?"
„Scheinbar nicht! Wir sind schon seit 4 Jahren verheiratet und es funktioniert, auch wenn es anfangs Auseinandersetzungen gab, aber nun hat sie sich dran gewöhnt und vertraut mir."
Ich fühlte seine Hand auf meinem Oberschenkel und wie er ihn langsam zu streicheln begann. Sofort prickelte es zwischen meinen Beinen.

Davids Blick wurde ernster. „Du hast sehr hübsche Brüste."
Intuitiv blickte ich an mir herunter und betrachtete meine festen straffen Brüste, deren Knospen hart hervorstachen. Dann schaute ich ihn mit blitzenden Augen an und fragte ihn: „Willst du sie verwöhnen?"
David antwortete nicht, sondern beugte sich gleich zu meinen Brustwarzen hinunter und lutschte sanft an ihnen.
Ich legte meinen Kopf zurück und genoss es.
Kurze Zeit später spürte ich, wie David seine Hand auf meinem Oberschenkel weiter hoch zu meiner Muschi gleiten ließ und dort mit seinen Fingerkuppen an meinem Kitzler zu reiben begann.
Ich knurrte und fiepte kurz auf, und als er seinen Zeige- und Mittelfinger zwischen meinen Schamlippen auf- und abrieb und sie dann tief in meine Spalte führte, musste ich nach Luft schnappen. Dabei hob ich meinen Kopf wieder und stellte fest, dass sich Davids Schwager und ein anderes Pärchen zu uns gesellt hatten. Der Schwager saß nun zu meiner Rechten und schaute uns neugierig zu. Das Pärchen war mit sich selbst beschäftigt und knutschte und fummelte wild.
„Ist es Ok für dich, wenn Dirk mitmacht?", fragte mich David dann.
„Klar!", sprudelte es spontan aus mir heraus.
Und so ließ ich mich von beiden verwöhnen: David fingerte mich sanft weiter, während Dirk meine Brüste massierte. Immer wieder drückte er dabei eine Brust mit seiner Hand zusammen, so dass meine Knospen noch weiter hervorquollen und er besser an ihnen saugen konnte.
Fingern brachte mir noch nie so wirklich was, also streckte ich meine Hände nach rechts und links aus und tastete nach den Schwänzen der beiden. Fast gleichzeitig fand ich die harten Stücke und war überrascht, dass auch der kleine, dicke Dirk so einen harten und dicken Knüppel hatte. So massierte ich beide Latten parallel, bis ich nach ein paar Minuten beide Männer fragte, ob ich sie reiten könne.
„Aber sicher!" entgegnete David sofort freudig.
„Klaro!" platzte es auch aus Dirks Mund.
Erst wollte ich unbedingt Davids Schwanz testen und stieg über ihn.

Davids Latte war zwar steinhart, aber der Sprudel des Whirlpools machte es schwierig, den Penis in meine Lusthöhle zu manövrieren. Daher nahm ich meine Hand zur Hilfe und ließ mich dann in Davids Schoß plumpsen. Plumpsen ist allerdings eher das falsche Wort. Durch den Auftrieb der Luftblasen im Wasser war es viel mehr ein Hinabgleiten. Und so versuchte ich David ein paar Mal auf- und abzureiten, bekam aber nicht die kräftige Reibung zustande, die ich brauchte, das Wasser dämpfte meinen Ritt einfach zu stark. Auch David schien das zu merken, denn schon schlug er uns vor: „Wollen wir woanders hingehen? Vielleicht ins Spielzimmer?"
„Das hätte ich euch auch gleich sagen können! Im Whirlpool ist`s immer etwas komplizierter!" Mit diesem Satz stand Dirk auf und stieg aus dem Pool. Sein Ding war immer noch steif und steil nach oben gerichtet, und ich verspürte dringende Lust, auch seinen Schwanz auszuprobieren.
David erhob sich jetzt ebenfalls, und ich war beeindruckt von seiner langen Latte. Am liebsten hätte ich sie gleich gelutscht, aber es war hier draußen einfach zu kalt und ich wollte Dirk nicht warten lassen.
So wickelten wir uns schnell die bereitgelegten Handtücher um und huschten fix durch die Terrassentür ins Barzimmer. Auch hier wurde schon fleißig gepoppt und gefummelt. Auf dem Sofa, welches etwas weiter hinten im Raum abseits der Bar stand, bot sich uns ein sehr erregendes Bild: Eine äußerst hübsche Frau in meinem Alter saß in der Mitte des Sofas. Sie hatte ihr Becken nach vorn über den Sofarand geschoben, so dass der schöne Stefan, der vor ihr hockte, sie ausgiebig lecken konnte. Immer wieder fuhr er mit seiner Zunge großzügig von unten nach oben über ihre Schamlippen. Dann schob er seine Zunge tief in ihren Spalt und vergrub sein Gesicht fast komplett in ihrem Schoß, um sie hier mit rhythmischen Bewegungen oral zu befriedigen. Die Frau schien dies zu mögen, denn ihr Mund öffnete sich und sie begann zu stöhnen.
Kim saß links neben der Frau auf dem Sofa und massierte deren kleinen Brüste mit leichtem Druck. Zwischendurch züngelte und sog sie sogar an ihren Brustwarzen.

Ich fand den Anblick sehr antörnend, besonders als Kim die Frau zu küssen begann. Erst drückte sie ihre Lippen auf die der Frau, dann züngelten sie außerhalb des Mundes.
Mich machte der Anblick unglaublich heiß und ich sprach meine Gedanken laut aus: „Mit einer Frau würde ich auch gern mal!"
„Dazu hast du hier Gelegenheit genug!", konterte David sofort.
Wir waren kurz stehengeblieben, um dem Schauspiel beizuwohnen so wie einige andere auch, die von ihren Barhockern lusterfüllt zuschauten. Ein Pärchen, welches an der Bar saß, war schon dazu übergegangen, sich gegenseitig zu verwöhnen. Sie knutschten wild, während sie fest seinen Schwanz massierte.
Ich drehte mich noch weiter um und sah in einer anderen Ecke eine Frau einen Mann reiten, der auf einem Stuhl saß. Dann wendete ich mich wieder der Szene auf dem Sofa zu. Kim und Stefan schienen also doch sexuell offener zu sein, als ich vermutet hatte. Scheinbar sprachen sie nur nicht gern darüber.
Plötzlich knuffte mich David in die Seite und forderte uns auf: „Lasst uns hoch zur Spielwiese gehen und selbst Hand anlegen!"
Also folgten Dirk und ich David die Treppe hoch und steuerten auf das Spielzimmer zu.
„Vielleicht findet sich hier ja eine Frau für dich", flüsterte mir David im Gang dicht an meinem Ohr zu.
„Erstmal habe ich Lust auf euch zwei", erwiderte ich.
Die beiden hoben nur vielversprechend ihre Augenbrauen. Dann öffnete David die Tür zur Spielwiese. Auch hier bot sich uns eine pornohafte Szene. Jeder schien sich hier abwechselnd mit jedem zu vergnügen. Ich zählte 3 Frauen und 4 Männer und vermutete, dass es sich um drei Pärchen und einen Solo-Mann handeln musste, denn der Solo-Mann war kein anderer als mein alter Stecher. Auch diesmal verwöhnte er gerade eine Dame von hinten, während sie ihrem Liebsten im Rhythmus der Stöße einen blies. Die beiden anderen Frauen ließen sich derweil in Missionarsstellung im Wechsel von den zwei anderen Männern vögeln.

Eigentlich war auf der Spielwiese kein Platz mehr für uns, und so entschieden wir uns, wieder hinunter und ins Wohnzimmer zu gehen. Wir kamen wieder durch das Barzimmer und stellten fest, dass der Dreier auf dem Sofa zum Ende gekommen war. Von Kim, Stefan und der Frau war nun nichts mehr zu sehen.
Im Wohnzimmer war es nicht so voll. Gleich neben der Tür lehnte eine Frau bequem über der Lehne eines Sessels und ließ sich von einem Mann von hinten kräftig durchbumsen. Und auf dem hintersten Sofa vergnügte sich gerade ein Pärchen in der 69er Stellung. Behutsam stieß der Mann dabei seine harte Stange in den Mund seiner Partnerin, während er seinen Kopf in ihrem Schoß vergraben hatte, wo er sie mit seiner Zunge stürmisch liebkoste.
Das laute Stöhnen aus dem Fernseher war nicht zu überhören und übertönte das lustvolle Kreischen der über dem Sessel gebeugten Frau, die neben uns beglückt wurde.
Es wurde Zeit für mich. Ich war froh, dass ich immer noch mein Handtuch umgebunden hatte, denn der Anblick der erotischen Sexspiele ließ meine Vulva nur so nach Sex lechzen. Unaufhörlich lief mir jetzt mein Saft die Innenseite meiner Schenkel hinunter, den ich ständig mit dem Handtuch abwischen musste.
„Wollen wir uns gleich hier vorn aufs Sofa setzen?", schlug ich meinen Männern daher vor.
Die beiden hatten nichts dagegen einzuwenden und ließen sich gleich aufs Sofa fallen. Ihre Schwänze waren immer noch gehärtet, und ich hoffte, sie würden meinem Ritt noch etwas standhalten können. Aber bestimmt waren die Jungs geübte Stecher, die ihren Höhepunkt gut hinauszögern konnten. Trotzdem wollte ich keine Zeit verlieren und stieg breitbeinig über David. Meine Schamlippen waren so vor Erregung geschwollen, dass sie sich von ganz allein öffneten. So brauchte ich auch nicht meine Hände zu Hilfe nehmen, um Davids mächtigen Schwanz in meine Muschi zu führen. Ich hielt mich einfach mit beiden Händen an der Rückenlehne hinter Davids Kopf fest und ließ mein glühendes Fötzchen langsam hinunter sinken. Als ich Davids Eichel erreicht hatte, steckte ich diese zwischen meine Schamlippen und

ließ mein Becken langsam kreisen. So wurde Davids empfindlichste Stelle zart stimuliert, und da ich sein bestes Stück noch nicht ganz in mir hatte, kam David mit seiner Zunge auch noch leicht an meine Brustwarzen und konnte ausgelassen an ihnen züngeln. Mich machte das wahnsinnig geil, und es war nun Zeit, mein Becken tiefer sinken zulassen, um Davids steinharte Männlichkeit in meine Lusthöhle einzuführen. Erleichtert warf ich meinen Kopf nach hinten und jauchzte auf. Jetzt bekam meine Möse endlich, was sie wollte!
Ich beschleunigte langsam meinen Ritt und war begeistert von Davids langem und breitem Schwanz. Bei jedem Auf-und Abritt rieb sein Ding so intensiv an meiner Scheidenwand, dass ich kurz vorm Kommen war. Mir war aber klar, dass Dirk auch noch auf seine Kosten kommen wollte und stieg wieder von David ab.
Dirk hatte uns die ganze Zeit zugeschaut und dabei seinen Schwanz massiert. Ich stieg nun über ihn und ließ auch seine Latte tief in mich einführen. Dirks Penis stimulierte mich zwar auch, aber nicht so intensiv wie Davids, daher konnte ich ihn gewohnheitsmäßig schnell reiten. Dirk half nach, indem er meine Hüften umfasste und den Rhythmus so mitbestimmte. Dabei drückte er mich bei jedem Abwärtsritt so stark hinunter, dass meine Muschi schmatzend auf ihm landete. Wie immer, törnte mich dieses Geräusch auch diesmal wieder wahnsinnig an.
Dann begann Dirk mich anzuspornen: „Komm, Baby, komm!", und klatschte mir dabei auf eine Pobacke.
Ich ritt ihn daraufhin so schnell, dass meine Brüste fröhlich vor seinem Kopf hin und hersprangen und Dirk mit seiner Zunge dabei immer wieder versuchte eine meiner Knospen zu erhaschen.
Auch wenn ich es total geil fand, Dirk zu reiten, vor allem weil sein etwas dickerer Bauch meinen Kitzler schön stimulierte, wollte ich doch mit Davids Schwanz kommen. Nun kam ich aber erst einmal nicht von Dirk weg, denn ich spürte, dass er gleich in mir kommen würde, was mir sein Ausruf „Schneller, Baby, schneller" bewies. So legte ich noch einmal an Geschwindigkeit zu, doch schon gleich danach hielt er mein Becken fest in seinen Schoß gedrückt, so dass sein

Schwanz tief in mir stecken blieb und er sich in mir ergoss. Ich nahm dabei seine starken Schwanzzuckungen war und musste versuchen, meinen Orgasmus zurückzuhalten, denn ich wollte ja um jeden Preis mit Davids Schwanz kommen. Also löste ich mich wieder von Dirk und wechselte zu David. Dabei warf ich einen kurzen Blick in den Raum und stellte fest, dass die beiden anderen Pärchen bereits fertig waren und uns zuschauten.

Beim Sex beobachtet zu werden, diese Erfahrung war neu für mich, aber ich merkte, dass es mich prickelnd erregte. Also führte ich schnell Davids Hammerteil in mich ein und juchzte vor Glück auf. Ein paar Mal ritt ich David dann langsam auf und ab, aber als er meine beiden Knospen zwischen jeweils zwei Fingern zwirbelte, konnte ich nicht mehr an mich halten. Ich hüpfte nun immer wilder auf und ab und spürte Lust und einen leicht ziehenden Schmerz zugleich. Diese Stimulierung wurde noch stärker, als Davids Schwanz zu kontrahieren anfing. Es war der Wahnsinn! Meine Erlösung schrie ich lautstark heraus.

Auch David machte seinem Höhepunkt Luft. Er legte seinen Kopf hinten auf der Lehne ab und stöhnte lang und erleichternd auf.

Ich wartete noch ein wenig, bis Davids Schwanz etwas schlaffer geworden war, dann stieg ich von ihm ab und setzte mich neben ihn.

Dirk war schon gegangen.

Als David und ich wieder ruhiger atmen konnten, lobte ich Davids Penis: „Ich muss echt sagen, dein Teil ist echt das Beste, was ich je in mir hatte! Aber ich glaube, du weißt selbst, wie gesegnet du bist!" Ich lachte.

„Danke, danke! Ja, ehrlich gesagt, ist mir mittlerweile schon aufgefallen, dass ich über dem Durschnitt liege!" Auch David lachte auf. Dann redete er weiter: „ Aber nicht für alle ist er ein Segen…" Dabei schaute er nachdenklich in den Raum.

Ich vermutete, dass es sich dabei um seine Frau handeln musste und sprach es aus: „Meinst du damit deine Frau?"

„Hm, erwischt!" Er grinste mich von der Seite an.

„Habt ihr denn gar keinen Sex mehr, oder was hat das zu bedeuten?", fragte ich zurück und blickte ihn dabei mit meinen großen blauen Augen verblüfft an.
Er lachte wieder laut und herzhaft auf.
„Tut mir leid, dass ich immer so lachen muss, aber dein Blick ist einfach immer zu süß."
Ich boxte ihm leicht in die Seite und ließ nicht locker: „Nun lenk` nicht ab. Was läuft da noch zwischen dir und deiner Frau?"
David schaute wieder in den Raum, sein Blick wurde ernst.
„Nicht viel, ehrlich gesagt."
„Und du meinst, dass liegt an deinem Schwanz?"
„Jein. Ihr tut der Sex eher weh, aber auf der anderen Seite ist sie auch ein Sexmuffel."
„Wusste ich`s doch, dass da was nicht stimmt!"
„Aber wir haben uns nun so arrangiert."
„Arrangiert?! Also, ich finde, dass man mit seinem Partner schon regelmäßig Sex haben sollte, sonst ist das doch keine Beziehung!", rief ich empört aus. Das musste gerade ich sagen, die aufgrund ihrer Sexsucht überhaupt nicht beziehungsfähig war.
„Und was ist mit dir? Was treibt dich als Frau allein hierher?"
Nun war ich dran: „Ähm, ich habe gern viel Sex mit unterschiedlichen Männern und ein Swingerclub scheint für mich da eine gute Möglichkeit zu sein, diese Lust befriedigen zu können. Und ich muss sagen, dein Schwanz dehnt meine Möse schon ganz schön kräftig, aber ich mag das leicht ziehende Gefühl im Gegensatz zu deiner Frau!"
Ich merkte, dass David über das Thema nicht weitersprechen wollte, dazu war hier auch nicht die richtige Plattform. Außerdem stellten wir fest, dass wir beide genug für heute hatten und machten uns auf den Weg zu den Umkleidekabinen. Dort verabschiedeten wir uns vor den beiden Türen der Damen- und Herrenumkleide.
„Also, Sarah, ich hoffe, dich hier mal wieder zu sehen!"
„Ich denke schon. Ich habe vor, jeden Tag herzukommen!"
David hob seine Augenbrauen. „Jeden Tag? Hast du es so nötig?"
„Jep!" Ich grinste.

„Wow, davon träumt ja fast jeder Mann…"
„Und von deinem Stück fast jede Frau, besonders ich! Also, lass dich mal wieder hier blicken!" Ich zwinkerte ihm verheißungsvoll zu.
„Vielleicht werde ich meine Besuchsintervalle wegen dir verkürzen!" David zwinkerte zurück.
„Das würde mich freuen! Eventuell stelle ich mich mal so einem Gang-Bang-Tag zur Verfügung, falls du Interesse haben solltest!"
„Du bist echt verrückt! Naja, dann werde ich mal…" Dabei zeigte David auf die Umkleidetür.
Und so verabschiedeten wir uns.

Ungefähr eine Woche später hatte ich meinen ersten Sex mit einer Frau, besser gesagt waren es gleich zwei Frauen. Ach, eigentlich müsste ich sagen, dass es unter anderem zwei Frauen waren, denn eigentlich hatte ich Gruppensex. Mit Mandy und Kim fing es allerdings an. Ich lernte Mandy im Whirlpool kennen. Mandy war fast vierzig, hatte aber noch eine Top-Figur und sah um einiges jünger aus. Sex hält scheinbar jung! Wir kamen schnell ins Gespräch, denn, wie schon erwähnt, kommen Frauen selten allein in den Swingerclub. Da fällt man als Solo-Frau schnell auf.
Mandy war sehr offen und beichtete mir gleich, dass sie eine unstillbare Lust auf Sex und gern Geschlechtsverkehr mit wechselnden Männern hat. Natürlich war sie mir daher auf Anhieb sympathisch, und ich vertraute ihr an, dass es mir genauso ging und ich gern mal mit einer Frau intim werde würde. Mandy war überrascht, dass ich es bei meinem regen Sexleben bisher noch nicht ausprobiert hatte und bot mir an, es gleich mal mit ihr auszuprobieren. Mandy wollte dazu auf die Spielwiese gehen und ich willigte ein. Also trockneten wir uns ab und begaben uns auf die Spielwiese im oberen Stockwerk. Da es noch früh am Abend war, vergnügte sich erst ein Pärchen dort.
Mandy und ich knieten uns voreinander auf die Matratze, und sofort fing Mandy an, meine Brüste zu streicheln und mit ihrer Zunge entlang meiner Lippen zu fahren. Ich erwiderte ihre Liebkosungen und

schob meine Zunge ebenfalls hervor, um dann wild mit Mandy zu knutschen.

Was für ein prickelndes Gefühl das war! Der Zungenkuss mit einer Frau ist viel zärtlicher und sanfter als mit einem Mann!

Dann nahm Mandy meine Hand und führte sie zu einer ihrer knackigen Brüste. Vorsichtig knetete ich sie und nahm noch meine andere Hand dazu, um die andere ebenfalls zu massieren.

Das Gefühl von zwei weiblichen Brüsten in meiner Hand machte mich tierisch an, und als ob Mandy meine Gedanken lesen konnte, hauchte sie mir zu: „Du kannst auch gern an ihnen lutschen."

Zum ersten Mal sollte ich nun die Brüste einer Frau verwöhnen! Ich war unglaublich heiß darauf und begann sofort behutsam an Mandys Knospen zu züngeln und anschließend sanft an ihnen zu saugen. Es fühlte sich unglaublich gut an!

„So machst es gut, das gefällt mir", bestätigte mir Mandy dann auch.

Das motivierte mich aktiver zu werden. Also ging ich dazu über, ihren Körper zu streicheln. Ich begann an ihren Schultern, fuhr nochmals über ihre Brüste und strich dann sanft über ihren Bauch, bis ich an ihrem Venushügel angekommen war. Hier nahm ich meinen Daumen und ließ diesen mit sanftem Druck auf ihrer Klitoris kreisen.

Mandy stöhnte auf, legte sich dann auf die Matratze und stellte ihre Beine gespreizt auf. So konnte ich ihren feuchten Schlitz sehen, aus dem klarer Saft floss und ihre geröteten Schamlippen benetzte. Mandy hatte mir erzählt, dass sie vorher kräftig durchgefickt worden war, daher war wohl noch alles rot unten herum.

Vorsichtig fuhr ich nun mit meinem Zeige- und Mittelfinger zwischen ihren Schamlippen entlang, und sofort spornte mich Mandy mit „Mehr, mehr!" an. Also schob ich meine beiden Finger behutsam in sie hinein und fingerte sie langsam.

Aber Mandy wollte es scheinbar heftiger, denn prompt reagierte sie mit: „Mach`s mir schneller!", und ich gehorchte ihr, so gut ich konnte.

In der Zwischenzeit waren wieder ein paar mehr Swinger hereingekommen, unter anderem auch Kim und Stefan, der Alte und Matteo, mit dem ich auch gern vögelte.

Ohne zu zögern gesellte sich Kim einfach zu uns und beugte sich über Mandy, um sie zu küssen und mit ihrer Handfläche abwechselnd an ihren Brustwarzen zu reiben. Das gab Mandy anscheinend den Rest. Sie bäumte ihren Unterleib auf und rief quälend: „Ja, ja!", und ich beschleunigte mein Fingern noch einmal, bis Mandy endlich zum Höhepunkt kam. Ihre Vagina zog sich dabei so stark zusammen, dass ich das Gefühl hatte, sie würde meine Finger verschlingen.
Nach ihrem Orgasmus ließ Mandy ihr Becken erschöpft in die Matratze fallen. Dann wendete sich Kim mir zu. Ihr Kuss war fordernder als Mandys, und wir sogen und lutschten eher an unseren Lippen, als dass wir züngelten.
Einige Sekunden später löste sich Kim wieder von meinen Lippen und leckte mit ihrer Zunge entlang meines Halses hinunter zu meinen harten Knospen, die sie dann intensiv und schnell züngelte. Mich brachte das um den Verstand, und erst recht, als sie an ihnen zu nuckeln begann. In dem Moment fühlte ich, wie eine Männerhand entlang meines Rückens strich und dann meinen Nacken küsste. Ich bekam Gänsehaut und ließ mich auf die Matratze sinken. Kim legte sich rechts neben mich und beugte ihren Kopf über meinen, um mich wieder lutschend zu küssen.
Der Mann, der mich von hinten angefangen hatte zu streicheln und zu küssen, war Matteo. Matteo war, wie der Name schon vermuten lässt, Italiener, Mitte fünfzig und sehr sexerfahren. Er wusste, wie er Frauen um den Verstand bringen konnte, und dies lag nicht unbedingt an seiner noch immer guten Figur oder seinen üppigen und schon leicht ergrauten Brusthaaren, die sich sexy über einen schmalen Haarstreifen mit seinen Schamhaaren verbanden. Nein, auch seine stattliche Männlichkeit und seine Stoßtechniken schafften es immer wieder, mir sagenhafte Höhepunkte zu bescheren. Daher freute ich umso mehr, dass er sich nun links neben mich legte und sich um meine Brüste kümmerte.
Kim hatte sich mittlerweile von mir abgewandt und wurde neben mir schon in Missionarsstellung von ihrem Liebsten Stefan gebumst.

„Willst du auch?", flüsterte mir Matteo dann mit italienischem Akzent leise zu und rieb mit seinen Fingern an meiner Klitoris.

„Ja, mach schon!", erwiderte ich ungehalten. Ich war einfach immer zu schnell heiß. Lange Vorspiele brauchte ich nicht.

Matteo ließ mich aber warten und berichtete mir: „Wir Männer haben gesprochen, ob ihr Lust auf Gang-Bang hättet. Stefan hat gesagt, Kim hätte Lust."

„Oh ja, das wär` geil!", rief ich höchst erregt aus. Ich schaute mich kurz um und sah, wie der Alte vor uns saß und sein Ding massierte, ebenso David, der anscheinend erst eben dazugekommen war. Mandy war nirgends mehr zu sehen, auch das Pärchen, welches als Erstes hier gewesen war, hatte den Raum bereits verlassen.

Dann stieg Matteo auch schon zwischen meine aufgestellten und gespreizten Beine, und ich wusste, dass sich meine Schamlippen nun nass und gerötet vor Erregung leicht geöffnet vor ihm präsentierten. Während Matteo den Anblick mit den Worten „Du bist wieder so schön feucht, Schönheit" kommentierte, setzte er sich auf seine Fersen und zog mich etwas zu sich heran. Dann drückte er mit einer Hand sein steifes Glied leicht nach unten, um es in meine Vulva zu stecken. Anschließend umfasste er meine Hüften und begann mich vor und zurück zu schieben. Ich liebte diese Stellung mit Matteo. Matteo wusste das und blieb in dieser Position. Erst vögelte er mich langsam, dann immer schneller, und ich erwartete, dass er bald kommen würde, doch plötzlich zog er seinen Schwanz wieder aus mir heraus.

„Sorry, Schönheit, ich hab` Kim noch nie gebumst und will in ihr kommen."

Ich hauchte ein tranceartiges „Ok" heraus und sah, wie sich der Alte grad von Kim erhob und nun mich ficken wollte. Sobald Matteo von mir abgelassen hatte, quetschte er sich auch schon zwischen meine Beine und rammelte schnaufend, was das Zeug hielt, bis er gekommen war. Dann zog er seinen Penis auch schon wieder aus mir heraus und gab mich für Stefan frei, mit dem ich bisher noch nicht verkehrt hatte. Stefans Schwanz stimulierte mich so heftig, dass sowohl er als

auch ich einige Sekunden später zusammen kamen. Danach ließ Stefan sofort von mir ab und David kam zu mir herüber. Er griff meine Beine und legte sie sich über seine Schultern, so dass er tief in mich eindringen konnte. In dieser Stellung stieß er einige Male kräftig zu, und ich fühlte, dass mein nächster Orgasmus im Anmarsch war. Es wurde aber noch besser, denn nun nahm David meine Beine von seinen Schultern und knickte meine Knie so ein, dass meine Fersen an meinen Hintern gepresst wurden und er sich mit seiner Brust auf meine Schienbeine legen und so noch tiefer in mich eindringen konnte. Es war unbeschreiblich, ihn so tief zu spüren, vor allem, weil er seinen Schwanz nach jedem Stoß in voller Länge wieder herauszog.
Als David schließlich schneller zustieß, kam er auch schon. Mich brachte das ebenfalls um den Verstand. Ich krallte mich in die Matratze und schrie bei meinem Orgasmus laut stöhnend auf.
Anschließend gönnten David und ich uns noch ein paar Verschnaufsekunden auf der Matratze, bevor wir zusammen die Spielwiese verließen. Die anderen waren schon gegangen.
Ich war fix und fertig und hatte für diesen Tag genug, aber mir war nach diesem ersten Gruppensex klar, dass ich mich unbedingt für ein offizielles Gang-Bang zur Verfügung stellen musste. Ich wollte unbedingt von noch mehr Männern hintereinander durchgenommen werden!
Bevor ich an diesem Abend den Swingerclub verließ, meldete ich mich daher auch tatsächlich zum ersten Mal zu einem Gang-Bang an. 3 Wochen später sollte ich dann mein erstes Gang-Bang mit zwanzig Männern haben. Seitdem stelle ich mich fast jeden Monat dafür zur Verfügung. Aber dies ist eine andere Geschichte...